고딕 성당,

거룩한 신비의 빛

고딕 성당, 거룩한 신비의 빛

초판 1쇄 인쇄 2023년 12월 4일
초판 1쇄 발행 2023년 12월 12일

지은이 강한수
펴낸이 정해종

펴낸곳 ㈜파람북
출판등록 2018년 4월 30일 제2018-000126호
주소 서울특별시 마포구 토정로 222 한국출판콘텐츠센터 303호
전자우편 info@parambook.co.kr
인스타그램 @param.book
페이스북 www.facebook.com/parambook/
네이버 포스트 m.post.naver.com/parambook
대표전화 편집 | 02-2038-2633 마케팅 | 070-4353-0561

ISBN 979-11-92964-71-3 03600

* 책값은 뒤표지에 있습니다.

* 교회인가 2023년 11월 30일 천주교 의정부교구장 이기헌 베드로 주교

고딕 성당,
거룩한 신비의 빛

강한수 지음

파람북

감각적인 방법으로 드러난 초자연적인 신적 현실,
이것을 신비라고 부릅니다.
신비는 구원의 감추어진 실재입니다.
따라서 하느님의 신비는 그리스도입니다.
교회는 세상에 그리스도의 빛을 비춥니다.
그 거룩한 신비의 빛으로 가득 찬 곳이 성당입니다.
고딕 성당은 거룩한 신비의 빛입니다.

대학 입학식을 마치고 돌아오는 길에
말없이 어깨를 두드려주셨던 아버지께 바칩니다.

책머리에

지난해 만들었던 『로마네스크 성당, 빛이 머무는 곳』을 다시 펼쳐 보았습니다. 실로 어린 시절 친구들과 축구나 야구 놀이를 할 때 최적의 장소는 단연 성당이었습니다. 집 앞 골목에서도 담벼락을 이용해 공차기를 자주 하였지만, 골목 리그의 아이들이 찬 공은 옆집 장독대로 날아가기 일쑤였고 혹여 볕이 좋아 독을 열어놓은 날에는 독 안으로 골인하여 어른들 싸움으로 번지곤 하였습니다. 그런 이유에 어머니의 깊은 신심이 더해져 삼 형제가 저녁밥 시간이 지나도록 성당에서 놀다 오는 것은 꾸지람을 들을 일이 아니었습니다.

그 시절 나에게 성당은 그야말로 삶의 자리(Sitz im Leben)였습니다. 그리고 사춘기 청소년이 되었을 때도 성당은 변함없는 친구였습니다. 중학교 이 학년을 마치는 겨울이었던 것 같습니다. 주일학교에서는 해마다 성탄제를 열었는데 그중 하이라이트는 고학년이 주인공을 맡는 성극이었습니다. 그 해에 주일학교 중등부에서 무대에 올린 성극은 공전의 레퍼토리 '솔로몬의 판결'이었습니다. 구약성경 열왕기 상권 3장에 나오는 이야기로, 두 여자가 한 아기를 두고 자신의 아기라고 주장하자, 솔로몬이 그러면 아기를 둘로 갈라 나누어 주라고 합니다. 그러자 한 여자가 죽이지 말라며 아기를 포기하였고, 유전자 분석 없이 솔로몬의 지혜로 아기는 엄마 품에 안길 수 있었습니다.

인터넷이 없던 때 주일학교 선생님들은 직접 대본을 쓰고, 복사기도 없었으니 기름종이에 철필로 긁어서 등사판으로 밀어 대본집을 만들어야 했습니다. 그때 대학생 교복 소매를 걷어 올리고 잘 지워지지 않는 등사 잉크를 얼굴에 묻혀가며 일하는 선생님들의 모습은 까까머리에게 너무 멋졌습니다. 그래서 대학생이 되면 꼭 따라 하리라 했는데, 대학생이 되니 교복도 없어지고 복사기도 발명되었습니다. 그때 선생님들의 멋진 모습 이상으로 성당에 오고 싶은 이유가 또 있었는데, 연극을 함께한 친구들 때문이었습니다. 서로 대사를 잘하면 환호의 박수를, 틀려도 밝은 웃음을 주던 마음들은 연극 연습이 있는 다음 주일까지의 한 주간을 참으로 길게 만들었습니다.

어른이 되기 전 성당에서 있었던 이야기보따리를 풀어놓다 보니 한없이 그때 일들이 생각나면서 항상 포근하게 감싸 안아주었던 성당의 모습이 무척이나 그리워집니다. 이렇게 나의 학창 시절을 가득 채워준 성당은 어느 날 진로를 고민하는 나에게 다가와 슬쩍 '성당에서 살지 않을래?'하고 물었습니다. 그렇게 '성당 살기'를 위한 준비의 긴 여정이 시작되었고, 첫걸음을 내딛고 스무 해쯤 지났을 때 성당에 방 하나를 얻어 '성당 사람'이 되었습니다.

그리고 또 스무 해쯤 지나서, 천주교 의정부교구의 주보에 성당 건축과 관련된 이야기와 그 안에 담긴 신학 이야기를 삼 년 동안 싣게 되었습니다. 그중 앞부분 로마네스크 성당 이야기를 묶어서 지난해에 책으로 세상에 내놓았습니다. 그리고 이번에 그 뒷부분을 '고딕 성당, 거룩한 신비의 빛'으로 이름을 붙여 한 번 더 세상에 내놓게 되었습니다. 이 책을 만들기 위해서 유럽의 성당들을 직접 차를 빌려 운전하고 다니며 사진에 담았는데, 혼자서는 엄두도 못 낼 이 작업을 서품 25주년을 맞은 동기 신부님들이 함께 해주었습니다.

이 책을 읽다 보면 고딕 성당이 로마네스크 성당에 비해서 건축 구조가 한층 더 복잡하다는 것을 알게 될 것입니다. 그래서 성당의 구조에 대한 설명을 듣다가 어느 부분을 잠깐 놓치면 다음 내용을 이해하기 어려울 수도 있습니다. 그때 다시 뒤로 돌아갈 수도 있지만, 그것보다는 그대로 끝까지 들어보는 것을 권하고 싶습니다. 그리고 다시 처음부터 읽으면 놓친 부분을 발견하게 되면서 성당 구조에 대한 이해는 나아질 것입니다. 또 한 가지 도움이 될 만한 팁은 사진을 볼 때 미적 감각만을 동원하지 말고 공간에 대한 이해의 시각에서 보면 좋겠습니다. 그러면 어느 순간에는 사진 속에서, 스테인드글라스를 통과하여 천장과 기둥과 벽에 부딪히며 흩어지는 빛이 성당을 하나의 입체 공간으로 만들어, 하늘과 땅의 색으로 가득한 성당을 만나게 될 것입니다. 그 안에 지금까지 체험한 성당의 기억을 담아보면 어떨까요? 그럼 두 번째 여행을 떠나겠습니다.

이야기를 시작하며

건축과 철학의 만남

오랜 세월의 흔적이 담긴 '고딕'의 책장 앞에 섰습니다. '로마네스크'가 '로마다운'이란 뜻이었다면, '고딕'은 게르만족의 하나인 고트족을 가리키는 '고트인의'란 뜻을 지니고 있습니다. 이렇게 말하면 고딕이 고트족에서 발생한 것으로 생각하기 쉬운데 사실 '고딕'과 '고트족'은 아무런 관련이 없습니다. '고딕'이라는 이름은, 르네상스 시대의 이탈리아인들이 이 양식을 두고 게르만족의 세련되지 못하고 야만적인 것이라고 경멸하면서 붙인 것인데, 계속 사용하면서 후대에 공식 명칭이 되었습니다. 이런 상황을 보면, 고딕 양식이 이탈리아의 르네상스 시대 이후로 상당 기간 그 가치를 제대로 평가받지 못했다는 것을 알 수 있습니다.

20세기의 빼놓을 수 없는 미술사학자인 에르빈 파노프스키(Erwin Panofsky, 1892~1968)는 그의 역저 『고딕건축과 스콜라철학』(김율 역, 한길사, 2016)에서 수많은 구체적 자료에 대한 미시적 조사를 토대로 중세라는 한 시대 전체의 정신적 맥락을 거시적으로 재구성하려고 시도했습니다. 그는 치밀하고 세부적인 전문 지식을 바탕으로 한 시대를 통찰했는데, 특히 중세건축과 중세철학(신학)의 관계를 '문화적 평행현상'이라는 해석의 틀에서 설명했습니다.

그는 역사를 물리적 시간의 불가분한 연속이 아니라 서로 구별되고 단절되는 시대들의 진행 단계로 이해합니다. 이렇게 역사가 단절된 시대들의 연속이라면, 단절된 시대들은 그 고유한 통일성으로 설명되어야 하는데, 이러한 시대의 통일성은 역사에 포함된 예술, 문화, 철학, 종교, 정치 등 다양한 현상 사이에 내적 유비(intrinsic analogies)를 찾아냄으로써 설명할 수 있다고 그는 말합니다.

이 문화적 유비가 나타나는 대표적인 것이 고딕건축과 스콜라철학으로, 양자 사이에 존재하는 유비의 내용이 밝혀질 때, 양자는 '평행현상(parallels)'이라고 불릴 수 있습니다. 이러한 두 문화 현상의 유비성에 대한 본격적인 그의 연구는 두 문화가 시공간적으로 일치한다는 사실에서 출발합니다. 곧 시간과 공간이라는 순전한 사실 영역에서 고딕건축과 스콜라철학은 우연이라고 할 수 없는 뚜렷한 동시 발생을 보여준다는 것입니다. 중세철학사와 중세미술사에서 시대를 구분하는 방식이 유사하게 나타나는 것이 하나의 증거라는 것입니다.

먼저 고딕 양식이 발생하기 전인 로마네스크 시기를 보면, 졸저 『로마네스크 성당, 빛이 머무는 곳』에도 언급되었듯이 로마네스크 건축은 부르고뉴와 노르망디가 주축을 이루었는데, 부르고뉴에서는 시원적 고전주의가 발달하였고 노르망디에서는 구조주의가 발달한 것을 볼 수 있습니다. 이런 현상은 로마네스크 건축이 전체적 보편성보다는 지역적 다양성을 띠고 있다는 것을 말해줍니다.

한편 이 시기의 신학과 철학의 경향 역시 베드로 다미아노(+1072)와 클레르보의 베르나르도(+1153)에 의한 완고한 신앙주의와 투르의 베렌가리우스(+1088, 2차 성찬례 논쟁)의 극단적 이성주의, 그리고 샤르트르학파(풀베르트, +1028)의 시원적 인문주의 등 로마네스크 건축의 경우처럼 다양한 흐름이 나타나는 것을 볼 수 있습니다.[1] 그렇다면 고딕건축이 발생한 시기에는 당대의 신학 및 철학과 어떤 관련성을 보여주고 있을까요? 그것을 이야기하기 전에 로마네스크 양식에서 고딕 양식으로 옮겨가는 과정에 세워진 성당 하나를 소개하려고 합니다.

1 참조: 에르빈 파노프스키, 『고딕건축과 스콜라철학』, 김율 역, 한길사, 2016, 73쪽.

차례

초기 고딕

전성기 고딕

후기 고딕

영국 고딕

독일 고딕

이탈리아 고딕

초기 고딕

일 드 프랑스 지역에서 성장한 카페 왕조,
신앙과 이성의 조화를 지향했던 스콜라철학,
강력해진 로마 교황의 권한을 배경으로
고딕 양식의 건축이 자리를 잡아가다

레세의 삼위일체 수도원 성당

Abbaye Sainte-Trinitě de Lessay

로마네스크와 고딕의 만남

고딕 성당 이야기를 시작하면서 고딕건축과 스콜라철학 안에서 유비(analogia)를 발견할 수 있다고 언급했습니다. 이런 현상은 어느 시대 안에 국한된 것이 아니라 시대와 시대의 이행 과정 안에서도 관찰될 수 있다고 생각합니다. 다시 말해서 건축의 영역에서 로마네스크와 고딕의 전환 과정과 철학의 영역에서 스콜라철학 이전과 이후의 전환 과정이 평행현상을 띤다는 것입니다. 물론 이에 대한 정확한 관찰은 건축에 정통하고 신학과 철학에도 정통해야 가능할 것입니다. 그러나 에르빈 파노프스키가 말한 것처럼 그런 경우는 쉽지 않으니, 억지로 꿰어맞추려 하거나 합당한 이유가 있음에도 이해하지 못할 수도 있다는 그의 염려에 공감이 갑니다.

이렇게 로마네스크에서 고딕으로 전환되는 과정에 있는 성당 하나를 소개하려고 합니다. 노르망디의 전성기 로마네스크를 대표하는 캉의 생테티엔 성당을 기억하실 것입니다. 거기서 몽생미셸로 가는 길에 레세라는 마을이 나오는데 그곳에 베네딕토회의 삼위일체 수도원 성당이 있습니다. 이 성당은 얼핏 봐도 로마네스크 양식으로 지어졌다는 것을 알 수 있습니다. 외관에서 드러나는 건물의 수평성과 두꺼운 벽체가 주는 물질감 그리고 성당 안으로 하늘의 빛을 드리워주

레세 성당 남동측 외관

레세 성당 네이브 제단 방향

는 작지만 아름다운 반원 아치 창들이 그렇습니다.

그런데 성당 안으로 들어가면 조금 느낌이 다릅니다. 반원 아치의 아케이드와 네이브월의 육중한 벽체는 외관에서 느꼈던 것과 비슷하지만, 천장을 올려다보면 성당 밖에서 느꼈던 로마네스크에 대한 인상이 사라집니다. 정돈된 리브 그로인 볼트가 눈에 들어오기 때문입니다.

물론 캉의 생테티엔 성당에서 이미 리브 그로인 볼트를 본 적이 있습니다. 그리고 그 후인 1056년에 설립된 이 성당은 분명히 생테티엔의 영향을 받은 것입니다. 그런데 레세의 수도원 성당은 1356년 백년전쟁 때 화재로 소실되었고 그 후 복원되었습니다. 하지만 수도원은 1944년 제2차 세계대전 중 노르망디에 상륙한 연합군에 쫓기던 독일군에 의해서 다시 파괴되었다고 합니다.

그 당시까지 건축사학자들은 레세의 리브 그로인 볼트 체계를 기존의 로마네스크 성당처럼 그로인 볼트로 천장이 올려졌다가 나중에 리브가 덧붙여진 것으로 생각했습니다. 그러나 제2차 세계대전 후 성당을 복원하는 과정에서, 성당의 설계 과정에서부터 리브가 계획되어 네이브월과 구조적으로 일체를 이루고 있음이 밝혀졌다고 합니다.

반면에 레세에 영향을 준 캉의 생테티엔 성당은 처음에 목조 평천장이었던 것을 6분 볼트의 석조 천장으로 바꾼 것입니다. 그래서인지 천장은 두껍고 리브와 대응 기둥의 구조 체계도 불완전했습니다. 결국 리브 그로인 볼트가 있다고 해도 생테티엔 성당은 확실히 로마네스크다운 성당입니다.

이렇게 전성기의 로마네스크 역시 건물의 유기적 일체성을 추구하였으나 완성도에 있어서 부족했는데, 레세 수도원 성당은 구조의 중심이 되는 네이브월과 리브 그로인 볼트가 처음부터 일체 구조로 설계된 건물이라는 점에서 획기적인

레세 성당 3단 네이브월

발전을 이룬 것으로 볼 수 있습니다. 그렇게 알고 보니 레세의 수도원 성당에는 고딕다운 면이 있습니다.

레세가 이렇게 유기적 구조 체계를 수립하기 시작했다는 것은 성당 건축이 로마네스크에서 고딕으로 전환되고 있음을 보여줍니다. 왜냐면 고딕의 특징이 건물의 유기적 일체성을 이루는 것이고, 그중에서 중요한 요소가 리브 그로인

레세 성당 크로싱의 리브와 대응기둥

볼트이기 때문입니다. 그런 면에서 레세의 삼위일체 수도원 성당은 로마네스크와 고딕 사이의 건축물이라고 말할 수 있습니다.

고딕 양식은 이렇게 로마네스크 양식과 시기적으로 겹치는 부분이 있습니다. 이는 두 양식이 먼저 것이 사라지고 나중 것이 온 것이 아니라 서로 연속성을 갖는다는 의미이고, 그래서 두 양식이 중세라는 한 지붕 아래에 있는 것입니다. 하지만 두 양식은 엄연히 구별됩니다. 그렇기에 다른 이름으로 불리는 것입니다. 건축 양식에서뿐만 아니라, 정치, 종교, 사상에 있어서도 두 시기 사이에는 다른 무엇이 있습니다.

카페 왕조의 등장

고딕 탄생의 정치적 배경

고딕 양식이 로마네스크 양식과 구별이 되지만 로마네스크 양식과 무관하다고 볼 수는 없습니다. 어쩌면 로마네스크 양식이 걸어온 그 길에서 고딕 양식이 출발했고 그래서 새로운 길에 들어설 수 있었다고 생각합니다. 그리고 그 새로운 길은 그 길로 들어설 어떤 이유를 가지고 있습니다. 그것이 고딕 양식이 발생한 배경일 것입니다.

그중에서 가장 먼저 직접적으로 영향을 미친 것은 정치적 배경입니다. 476년 서로마 제국의 멸망 이후 유럽은 프랑크 왕국의 카롤링거 왕조를 중심으로 재편되었습니다. 하지만 카롤루스 대제의 사후에 왕국은 서프랑크, 중프랑크, 동프랑크로 분열되었고, 이 가운데 동프랑크는 지리적으로 왕국의 중심과 멀어지며 잦은 분쟁이 있었습니다. 그러다 프랑크족 혈통이 아닌 콘라트 1세가 즉위하면서 동프랑크는 분리와 독립의 수순을 밟게 됩니다.

이후 작센 공작 하인리히 1세(919-936 재위)가 왕권을 잡았고 그의 아들 오토 1세(936-973 재위)가 왕국의 영토를 확장해 나갔습니다. 그런 상황에서 요한 12세 교황을 위기에서 벗어나게 해준 오토 1세는 백여 년 전 카롤루스 대제가 그랬듯이 로마에서 대관식을 갖고 신성로마제국의 황제가 되었습니다. 이 시기에 건축도 발전하여 오토 건축이라는 독일 초기 로마네스크가 발달하게 되었습니다.

하지만 신성로마제국의 하인리히 4세는 그레고리오 7세 교황과 성직서임권 문제로 교황 폐위와 황제 파문이라는 전대미문의 충돌을 하게 됩니다. 그리고 1077년 카노사에서 교황에게 사죄를 청하는 굴욕을 당했습니다. 그 후로 신성로마제국은 로마 교황청과 불편한 관계에 들어서게 되었고, 교황청은 프랑크 왕국과 가까워지면서 신성로마제국을 견제했습니다.

한편 프랑크 왕국을 비롯한 유럽의 국가들은 봉건제로 운영되었는데, 이는 일정한 영지 안에서 자급자족의 경제 단위를 형성하는 제도입니다. 영주는 자신의 영지에 곡물 생산을 위한 토지와 부대시설을 갖춰 놓고 농노에게 소작을 시켜서 장원 경제를 유지했습니다. 경제적으로 부유해진 영주는 자신의 영지와 재산을 지키고 외부의 간섭을 받지 않기 위해서 사병을 두었습니다. 사병은 기사계급이 이끌었는데 이로써 영주는 정치적으로도 독립할 수 있었습니다.

이렇게 하나의 장원 안에서 영주를 중심으로 기사와 농노가 신분 질서를 유지하면서 자립 사회를 이루는 중세는 자연스럽게 중앙집권이 아닌 지방분권의 사회로 발전했습니다. 물론 영주 간에도 위계질서가 있어서 그 서열에 따라 공작, 후작, 백작, 자작, 남작이라 불렸습니다. 하지만 서열이 낮은 영주라도 영지가 크고 경제적으로 영향력이 있으면, 그의 정치적 위상은 높은 작위의 영주를 능가할 수 있었습니다.

따라서 봉건제가 발달한 프랑크 왕국은 국왕이라고 하더라도 왕국 전체가 아닌 자신에게 속한 영지를 다스리는 영주 정도의 권한만을 소유했습니다. 이렇게 국가는 여러 영주가 서열이라는 형태로 연합체를 형성한 분권적 사회를 이루

위그 카페

었고, 왕위는 유력한 귀족들이 번갈아 차지했습니다.

이러한 체제에 변화가 생긴 것은 파리의 백작 위그 카페가 987년 프랑크 왕국의 왕위를 아들에게 세습하겠다고 선언하고 카페 왕조를 시작하면서부터입니다. 그렇다고 하더라도 국왕에게 프랑크 왕국에 대한 실권이 주어진 것은 아니어서, 카페 왕조는 자신들의 영지인 파리와 오를레앙 외에는 아무런 권한도 갖지 못했습니다.

하지만 루이 6세(1108~1137년 재위)에 이르러 카페 왕조는 왕권을 강화하는 기회를 얻습니다. 당시 유럽은 성직자 서임에서 시작하여 교회 전반에 걸쳐 교황 그레고리오 7세의 개혁이 진행 중이었는데, 카페 왕조가 여기서 교회의 편을 든 것입니다. 이를 계기로 교회의 지원을 얻은 루이 6세는 숙적인 영주들을 제압하고 아들 루이 7세에게 강화된 왕권을 성공적으로 물려주었습니다. 이는 프랑스가 분권제의 봉건 사회에서 중앙집권적 군주 국가로 변화하고 있음을 말해줍니다. 파리를 중심으로 생겨난 이러한 정치권력의 중앙집중화는 고딕건축을 준비하는 것에 결정적인 역할을 하게 됩니다.

로마 가톨릭교회의 위상

고딕 탄생의 종교적 배경

일 드 프랑스를 중심으로 성장한 카페 왕조는 귀족들의 견제에도 불구하고 교회의 도움을 받아 왕권을 강화하고 중앙집권 체제를 구축했습니다. 이는 국제사회에서 교회의 권한이 국가를 뛰어넘고 있음을 시사합니다. 로마네스크가 전성기에 이르렀을 때 교회는 클뤼니 수도원(910년 설립)과 교황 그레고리오 7세(1073~1085년 재위)의 개혁으로 교회의 직무를 세속 권력으로부터 독립시켰으며 동시에 교황권도 강화해 나갔습니다.

그레고리오 7세 교황은 「교황 훈령」(*Dictatus Papae*, 1075년)에서 로마 교황만이 보편 교황으로 주교를 면직시킬 수 있고 황제 또한 폐위시킬 수 있으며, 교황만이 공의회를 소집할 수 있고 교황의 결정은 자신 외에는 아무도 철회할 수 없다고 선언합니다.

십자군 운동은 교황의 위상을 드러내는 좋은 예입니다. 당시 교회는 고해성사의 중요성을 강조했고 신자들은 이에 따른 보속을 엄격히 실천했습니다. 이와 함께 전대사를 얻기 위해서 가능한 한 예루살렘을 순례하고자 했습니다. 성지순례를 통해 그리스도의 수난에 동참하는 것은 부활의 영광을 얻는 것이기 때문입니다. 하지만 이교도의 팔레스타인 점령으로 성지순례는 목숨을 바칠 각오를 해

인노첸시오 3세 교황

야 했습니다.

그때 셀주크 투르크가 동로마 제국을 위협하자 동로마 황제는 로마교회에 도움을 요청했습니다. 이에 우르바노 2세 교황은 클레르몽에서 시노드를 소집하여(1095년) 예루살렘 성지 탈환을 명목으로 십자군 결성을 호소했습니다. 당시 프랑스와 영국 그리고 독일 사이에는 잦은 분쟁이 끊이지 않았는데 예루살렘 성지 수복이라는 교황의 명령 아닌 명령은 유럽 국가들의 모든 힘을 예루살렘으로 집중시키기에 충분했습니다.

또한 첫 번째 공의회인 니케아 공의회 이후 동로마 제국의 황제가 소집하던 보편 공의회는 1054년 교회의 동서 분열로 중단되었으나, 1123년에 갈리스도 2세 교황의 소집으로 라테라노에서 처음으로 서방교회의 보편 공의회가 개최되었습니다. 이 또한 로마 교황의 권한이 강화되었음을 시사하는 것입니다.

이후 교황권이 절정에 이른 것은 인노첸시오 3세(1198~1216년 재위) 때였습니다. 그는 교황의 권한은 베드로가 예수 그리스도에게서 받은 권한을 계승한 것이라고 천명하면서, 달이 태양 빛을 받는 것처럼 황제는 교황의 권위에서 나오는 위엄의 빛을 받는다고 말했습니다. 이렇게 인노첸시오 3세는 교황권이 교회는 물론이고 세속의 권한보다도 우위에 있음을 강조했습니다.

또한, 제4차 라테라노 공의회(1215년)를 개최하면서 교황은 가톨릭교회의 교리와 성사를 정리하고, 발도파와 알비파 이단을 단죄했으며, 프란치스코회 및 도미니코회를 인가하는 등 전반적인 교회의 체계를 정립했습니다. 이렇게 세상에 대한 교회의 역할은 커졌고, 이러한 종교적 집중성은 성당 건축에도 큰 영향을 미쳤습니다.

일 드 프랑스 지역

고딕 탄생의 지리적 배경

고딕 성당이 탄생하는 데에는 카페 왕조와 로마 가톨릭교회라는 정치적 · 종교적 집중화 말고도 일 드 프랑스 지역의 지리적 집중화가 중요한 몫을 하였습니다. 정치와 종교가 집중된 바로 이곳 일 드 프랑스는 이미 건축적으로 첨단 기술이 유입되기에 좋은 지리적 조건을 갖추었기 때문입니다.

로마네스크 성당은 클뤼니 수도원이 있는 프랑스 남부 부르고뉴를 중심으로 발전을 이루었는데, 이와 함께 로마네스크를 주도한 곳이 노르망디 지역이라고 앞서 말씀드렸습니다. 부르고뉴에 제3 클뤼니 수도원 성당이 있다면 노르망디의 캉에는 생테티엔 성당이 있습니다. 제3 클뤼니 수도원 성당은 전체 길이가 거의 200미터에 이르는 공간의 대형화를 이루었고, 생테티엔 성당은 천장을 목조 평천장에서 석조 둥근 천장으로 바꾸어 건축 재료의 일체성을 완성했습니다.

일 드 프랑스 지역이 고딕 탄생의 거점이 될 수 있었던 것은 이곳이 남부의 부르고뉴와 북부의 노르망디 중간에 위치해 건축 기술의 집약이 이루어지기에 적합한 장소였기 때문입니다. 곧 일 드 프랑스에서 부르고뉴와 노르망디의 지역주의 건축이 만나서 보편주의 건축을 태동시킬 준비를 하게 된 것입니다. 실제로 당대의 최대 관심사는 공간을 수평적, 수직적으로 모두 확장하는 것이었는

일 드 프랑스의 지리적 위치

데, 이를 위해서 부르고뉴의 대형화와 노르망디의 일체성이 모두 필요했습니다. 그들이 추구하는 공간을 얻기 위한 열쇠는 천장을 어떻게 돌로 강하면서도 가볍게 만들어서 높이 올리느냐에 있었습니다.

석조 둥근 천장을 만드는 첫 번째 단계는 원통을 반으로 갈라서 엎어 놓은 모양인 배럴 볼트의 축조였습니다. 다음 단계로 배럴 볼트를 수직으로 교차시킨

부르고뉴의 제3클뤼니 성당 복원 조감도

형태인 그로인 볼트를 만들어 구조적으로 더 안정감을 주었습니다. 하지만 여전히 두껍고 무거운 형태의 석조 천장은 공간의 확장에 한계가 있었습니다. 이를 극복하기 위해서 창안한 기술이 그로인 볼트에 갈빗대와 같은 리브를 붙여서 석조 천장의 경량화를 이룬 리브 그로인 볼트입니다. 이런 획기적인 신기술은 재료의 발달과 기술의 축적으로 가능한 것인데, 그러한 첨단 기술의 개발이 가능했던 곳이 일 드 프랑스였던 것입니다.

이렇게 정치적이고 종교적이며 지리적인 모든 역량의 집중으로 고딕 성당이 탄생하게 되었습니다. 그런데 이러한 요소들의 동시적인 집중은 앞에서 언급했던 문화의 평행현상과 별개의 것으로 볼 수 없습니다. 로마네스크 시대의 건축과 신학이 보편성보다는 다양성과 개별성을 띠었지만, 고딕 시대에 와서 보편성

캉의 생테티엔 성당 네이브 천장의 6분 볼트

을 띠게 된 것이 지금까지 알아본 정치적 종교적 지리적 집중성과 무관하지 않다는 것입니다. 그래서 고딕건축과 스콜라철학에 대해서 조금 더 구체적으로 이야기해 보려고 합니다.

고딕건축과 스콜라철학의 동시 발생

졸저 『로마네스크 성당, 빛이 머무는 곳』에서 노르망디와 영국의 로마네스크 성당을 언급하면서 캔터베리 대성당을 소개했습니다. 그 단락의 부제가 '신학자들이 건축가가 되다'였는데, 켄터베리의 대주교인 란프랑코(+1089)와 성 안셀모(+1109)가 그 주인공이었습니다. 그들은 실로 새로운 사유 방식인 신앙과 이성의 조화 원리를 모색했던 스콜라철학의 선구자였습니다.

이후 11~12세기 파리를 중심으로 일 드 프랑스 지역에서 활동한 길베르투스 포레타누스(+1154)와 아벨라르두스(+1142)는 신앙과 이성의 갈등을 해결하고자 연구와 진술을 이어갔습니다. 그리고 같은 시기에 같은 지역인 생드니에서 쉬제(+1151) 수도원장은 수직화와 경량화라는 모순의 갈등을 해결할 새로운 건축 양식을 세상에 내놓았습니다.

이후 고딕건축과 스콜라철학은 모두 전성기에 접어듭니다. 그 시기는 대략 13세기 성왕 루이의 재임 시기인 1226~1270년에 해당합니다. 당시는 스콜라 철학자들이 왕성하게 활동했던 시기로, 대표적으로 알렉산더 할렌시스(Alexander Halensis, +1245), 알베르투스 마뉴스(Albertus Magnus, +1280), 보나벤투라(Bonaventura, +1274), 토마스 아퀴나스(Tomas Aquinas, +1274)를 들 수 있습니다. 이때 지어진 고딕건축은 샤르트르 대성당과 수아송 대성당 등인데, 건축가로는 장 도르베(+1231), 로베르 드 뤼자르슈(+1228), 위그 리베르지에(+1263), 피에르 드 몽테로(+1267) 등이 활동했던 시기입니다.

이때 철학에서는 대전(大全, Summa)이라 불리는 문학 양식이 등장했습니다. 11~12세기까지는 사전, 명제집 정도의 덜 포괄적이고, 덜 엄격하며, 덜 통일된 문헌 양식이 주를 이루었습니다. 그 이후로 법학에서 숨마(Summa)라는 용어가 간략한 개론이라는 의미로 사용되다가, 이후 요약이라는 의미로 변했고, 나중에 철저하고 체계적인 서술이라는 의미로 바뀌게 되었습니다. 대전(Summa) 중에서 초기의 표본은 알렉산더 할렌시스의 『신학대전』(*Summa Alexandri*)입니다. 이 대전이 저술되기 시작한 1231년은 피에르 드 몽테로가 생드니 대성당의 새로운 네이브 건축을 시작한 해입니다.

하지만 1270년에 성왕 루이가 사망하고, 1274년 같은 해에 보나벤투라와 토마스 아퀴나스도 사망하자 먼저 지리적 중심화가 깨지면서 프랑스 남부와 이탈리아, 그리고 독일과 영국으로 분산되었으며, 이후 퇴조와 복고의 경향이 주를 이루게 되었습니다. 토마스 아퀴나스의 체계적인 대전(Summa) 서술 유형도 사라지고, 이성에 의한 최상의 종합 능력에 대한 신뢰 역시 사라지기 시작했습니다. 결국 지성에 대항하여 의지의 중요성이 강조되기 시작한 것입니다. 이 시기에는 고딕건축 역시 체계성이 떨어지고 대형화에서 소형화로 전이되면서 사람들은 고딕건축 대신 고딕 이전의 경향을 선호했습니다.

결국 중세는 고딕건축과 스콜라철학의 시기를 관통하여 후기에 접어들면서 새로운 경향으로 기울어졌습니다. 새로운 양식의 공통점은 주관주의입니다. 고딕건축과 스콜라철학이 보편성을 강조했던 반면에 중세 후기는 종교적으로는

알렉산더 할렌시스

신비주의를 철학적으로는 유명론이라는 주관주의를 선택했습니다. 사실 신비주의와 유명론은 서로 함께 지낼 수 없는 양극단의 사상입니다. 신비주의는 신앙의 온전성을 위해서 이성과 단절했고, 유명론은 이성적 사유와 경험적 관찰을 위해서 신앙과 단절했습니다. 결국, 스콜라철학이 신앙과 이성의 조화를 모색했던 반면, 이후에 등장한 신비주의와 유명론은 모두 신앙과 이성의 단절이라는 양극단의 차원에서 공통점을 띤 것입니다.

철학에서의 이러한 현상은 건축을 포함한 미술의 영역에서도 비슷하게 나타납니다. 조토는 주관주의의 특징으로 원근법에 기반해 공간을 해석했습니다. 원근법이란 보이는 '대상'뿐만 아니라 그 대상의 특정 조건에서 보이는 '방식'도

토마스 아퀴나스가 고딕 성당과 신학대전을 들고 있다.

설명합니다. 유명론의 오캄은 원근법을 대상에 대한 주관의 직접적인 직관이라고 설명했습니다. 따라서 유명론의 경험주의적, 개별주의적 경향은 풍경화, 실내화, 초상화 등에 적용되었고, 에크하르트의 신비주의는 신에 대한 주관적 숭배가 표현되는 성화들에 적용되었습니다.[2]

2 참조: 에르빈 파노프스키, 『고딕건축과 스콜라철학』, 22~23쪽.

생드니 수도원장 쉬제

그리스도의 빛을 사랑한 건축가

고딕건축과 스콜라철학의 동시 발생을 설명하면서, 고딕건축을 시작한 사제요 수도자이며 건축가인 쉬제(Suger)를 언급했습니다. 생드니의 수도원장이며 카페 왕조의 루이 6세와 루이 7세를 보좌한 쉬제는 1081년 파리 근교에서 가난한 농부의 아들로 태어났습니다. 어려서부터 비범한 재능을 보인 쉬제는 생드니 수도원에 들어가 교육을 받았는데, 그곳 학교에서 평생을 서로 의지할 동갑내기 친구 하나를 운명적으로 만납니다. 그는 20년 뒤 루이 6세로 프랑스의 왕위에 오른 루이 카페였습니다. 수도원장 비서로 있을 때부터 쉬제는 루이 6세의 충실한 조언자 역할을 했습니다.

1122년 생드니의 수도원장이 된 쉬제는 생드니 수도원(교회)과 프랑스 왕실(국가)과의 유대를 강화했습니다. 그는 국내 정치를 개혁했고 외교적으로는 군사적 충돌 대신 정치적 타협과 경제적 협상으로 문제를 해결했습니다. 정복왕 윌리엄의 아들인 헨리 1세와 프랑스의 루이 6세 사이에 노르망디 영토 분쟁이 있을 때 쉬제가 중재자 역할을 했는데 헨리 1세는 쉬제를 평화의 끈이라고 칭송했다는 일화가 있습니다. 후대 역사가들은 그를 공정하고 성실하며, 화합을 중요시하면서도 우유부단하지 않고, 활동적이지만 인내심이 있으며, 전체와 부분

쉬제 수도원장

을 동시에 볼 줄 아는 천부적인 재능을 가진 사람이라고 평가합니다.

쉬제가 수도원의 개혁을 단행했을 때, 클레르보의 베르나르도 성인이 쉬제에게 보낸 편지에 이런 말이 담겨 있습니다.

"(개혁을 시작할 때) 당신의 거룩한 수도자들의 열의가 비판으로 향하게 된 것은 당신의 잘못 탓이오. 당신은 당신의 방식을 고쳐야 했소. … (개혁이 완성된 뒤) 그러나 결국 당신은 당신을 비판하는 자들을 만족시켰고, 심지어 우리가 당신을 칭송할 수밖에 없도록 만들었소. 그렇게 많은 사람을 갑자기 그리고 동시에 귀의시킨 것을! 한 명의 죄인이 귀의해도 하늘에서 그토록 기뻐하거늘, 하물며 전

이사이의 그루터기 스테인드글라스의 쉬제

체 회중의 귀의에 대해서는 어떠하겠소?"[3]

쉬제는 베르나르도의 수도 생활 규칙과 절제의 삶에 대해서는 동의했지만, 절대적 순종과 엄격한 금욕주의에 대해서는 반대했다고 합니다. 그러나 쉬제 자신은 다섯 평 정도의 작은 방에서 지내며 검소한 식사를 좋아했고, 운명의 순간이 다가오자 베르나르도의 천사 같은 얼굴을 보고 싶다고 한 것을 보면 그 또한

3 에르빈 파노프스키, 『시각예술의 의미』, 임산 역, 한길사, 2017, 181쪽.

생드니 대성당의 스테인드글라스

베르나르도의 영성을 인정하고 따랐던 형제 수도자였던 것입니다.

쉬제의 수도원 개혁에는 수도원 성당에 대한 개혁도 포함되어 있었습니다. 그는 하느님의 집에 사람들의 접근을 제한하는 것을 싫어했으며, 더 많은 사람이 편안하고 기쁘게 성당에 머물면서 기도할 수 있기를 바랐습니다. 또한 성인들의 유물을 거룩하고 잘 보이는 공간에 보관하고자 지하 납골당에서 꺼내어 성가대석 위쪽 밝은 공간에 안치했습니다. 그리고 성인에 대한 공경을 표현하려 자연에서 얻은 온갖 보물로 성 유물을 장식했고, 성당에 빛이 가득하도록 성당의 천장을 높이고 창을 넓게 만들었습니다.

이런 공간을 만들기까지 쉬제는 늦은 시간 성무일도를 마치고도 대성당에 쓰일 목재에 대한 걱정으로 잠을 이루지 못하고 장인들과 함께 일 드 프랑스의 거대하고 울창한 숲을 밤새 뒤졌을 것입니다. 정녕 그는 건축가를 채용하고 육성한 후원자가 아니라 몸과 마음으로 직접 성당을 계획하고 공사를 진행한 건축가였습니다.

생드니 대성당이 완공되었을 때, 쉬제는 아름답게 지은 하느님의 집을 보고 있으면 성전에 장식된 다채로운 빛깔의 사랑스러운 돌들이 자신의 근심을 몰아낸다고 기뻐했습니다. 그리고 성 유물들이 가진 물질적인 밝고 아름다움이 보는 사람에게 영적인 빛을 비추어 그를 밝게 만든다고 했습니다. 이렇게 쉬제의 대성당은 그리스도의 빛을 담은 가시적 성사가 되었고 세상은 그것을 보고 '기뻐하고 즐거워했습니다'(마태 5,12 참조).

하지만 1150년 가을 쉬제는 자신에게 주어진 시간이 얼마 남지 않았음을 알게 되었습니다. 수도원으로 거처를 옮긴 그는 수도자들에게 자신을 용서해 달라고 청했습니다. 그리고 하느님께는 성탄 축제 때 형제들이 슬픔에 잠기지 않도록 자신의 죽음을 축제가 끝날 때까지 미루어 달라고 기도했습니다. 그의 기도대로 쉬제는 주님 공현 대축일이 끝나는 1151년 1월 13일에 아름다운 주님의 집 한 채를 세상에 남기고 집주인의 품으로 돌아갔습니다.

상스 대성당[4]

Cathédrale Saint-Etienne de Sens

고딕 성당의 첫걸음

생드니 수도원장 쉬제는 정치적으로 안정된 상황에서 종교적 기반을 가지고 첨단의 건축술을 구가한 수도자였습니다. 물론 당시의 성직자들이 성당 건축에 관여하는 것은 일반적인 일이었습니다. 하지만 건축에 대한 안목이 깊었던 그는 유능한 장인을 기용하고 건축 자재를 직접 구하러 다녔을 뿐만 아니라, 설계를 주도하고 현장에서 공사를 감독했습니다. 그는 성당 건축이 그리스도교적 가치를 담아내고 예술적 완성도를 표현해낼 수 있도록 최선을 다했습니다. 이러한 쉬제의 노력은 일 드 프랑스를 중심으로 하는 하나의 건축학파를 형성하여, 고딕 성당이 유기적 구조로 발전하는데 중심적인 역할을 했습니다.

고딕 구조의 발전은 우선 '리브'의 발달에서 시작되었습니다. '리브'란 볼트를 받치고 있는 갈빗대 모양의 부재입니다. 앞에서 언급한 대로 볼트가 수직으

---

4 '상스 대성당'의 원래 이름은 '상스의 생테티엔 주교좌성당'입니다. '생테티엔'(Saint-Etienne)은 '성 스테파노'의 프랑스어로 성당이 주보 성인인 성 스테파노에게 봉헌되었다는 의미이고, '주교좌성당'(Cathédrale)은 가톨릭교회에서 개별교회의 단위인 교구의 주교좌가 있는 성당이라는 뜻입니다. 이렇게 모두 표기하는 것이 맞지만 이 책에서는 주보 성인은 별도의 표기를 생략하고, 주교좌성당은 대성당으로 표기합니다. 성당의 원래 이름은 원어 이름을 참조하기 바랍니다.

상스 대성당 파사드

로 교차하는 것을 '그로인 볼트'라고 하고 그것에 리브가 더해진 것이 '리브 그로인 볼트'입니다. 로마네스크에서 고딕으로 넘어가는 시기의 레세의 삼위일체 성당을 소개하면서, 이미 캉의 생테티엔 수도원 성당과 더럼 대성당에서 리브 그로인 볼트가 불완전하게나마 시공되었고, 레세에서는 리브의 구조적 역할이 조금씩 나타나기 시작했다고 설명한 바 있습니다.

이를 구조적으로 완성한 것이 쉬제를 중심으로 하는 일 드 프랑스의 건축가들이었습니다. 리브가 천장에서 구조적으로 역할을 하자 천장의 두께가 얇아져서 천장의 하중이 1/3로 줄었습니다. 또한 리브를 먼저 시공하고 그것을 중심으로 천장을 만들었기 때문에, 천장이 정방형이 아닌 장방형이나 사다리꼴이어도 시공이 용이했고, 공사 기간도 단축되었습니다. 이제 하중은 천장에서 벽체로 내려오는 것이 아니라 리브를 따라 기둥으로 전달되었습니다. 따라서 리브 하나에 기둥이 하나씩 대응되었고 이것이 여러 개 합쳐져 '복합 기둥'이 만들어졌습니다. 이렇게 리브와 복합 기둥이 유기적으로 조화를 이룬 곳이 상스 대성당입니다.

그런데 리브 그로인 볼트는 리브가 볼트를 몇 등분하느냐에 따라 '4분 볼트'와 '6분 볼트'로 나눕니다. 4분 볼트는 싱글 베이의 천장을 리브가 대각선으로 교차하는 형태로 볼트를 넷으로 구획하여 구조적으로 떠받칩니다. 반면에 6분 볼트는 더블 베이의 천장을 리브가 대각선으로 지나가면서, 기존의 횡방향 리브와 함께 볼트를 여섯으로 구획하여 지지하는 형태입니다. 4분 볼트는 기둥에 대각선 리브 2개와 횡방향 리브 1개, 그리고 종방향 아치에서 내려오는 리브 2개가 더해져 총 5개의 리브가 각각의 대응 기둥으로 연결되는 구조이고, 모든 기둥이 같은 형태입니다.

상스 대성당 네이브 제단 방향

상스 대성당 네이브월

반면에 상스 대성당은 더블 베이를 한 모듈로 하는 6분 볼트 천장이어서, 대각선 리브가 내려오는 곳에는 주기둥이 세워지고, 가운데 횡방향 리브가 내려오는 곳에는 부기둥이 세워집니다. 이러할 경우 주기둥에는 네이브 천장에서 5개의 리브가 아일 천장에서 3개의 리브가 내려와 8개의 대응 기둥이 합쳐진 복합기둥이 생깁니다. 반면 부기둥에는 3개의 리브가 내려오고 거기에 대응 기둥이 1개만 형성되어 있습니다.

상스 대성당에서 볼 수 있는 특징은 로마네스크에 비해서 주기둥과 부기둥의 크기가 확연히 차이가 나는 점입니다. 그 결과 부기둥은 벽체를 구분 짓는 것이 아니라 벽체에 속해 있는 느낌을 받으며 벽면을 가볍고 넓게 보이게 합니다. 그리고 부기둥의 코어 기둥은 하나의 원기둥이 아니라 횡방향으로 두 개가 세워져 있는데, 이는 구조적으로 안전을 기하면서 성당에 빛을 많이 끌어들이는 역할을 합니다.

생드니 대성당

Basilique Cathédrale de Saint-Denis

쉬제에 의한 쉬제의 고딕 성당

초기의 고딕 성당으로 상스 대성당을 소개했는데, 상스 대성당이 처음부터 고딕 양식으로 설계되어 건축된 것은 아닙니다. 처음에는 로마네스크로 지어진 성당이었는데 이후 여러 번 증축되면서 고딕 양식의 발전된 기술이 접목된 것입니다. 이러한 예로 대표적으로 꼽을 수 있는 것이 쉬제 수도원장이 증축한 생드니 대성당입니다.

쉬제는 두 번에 걸쳐 대성당을 증축하였는데 그 첫 번째는 1130년에 시작되었습니다. 이 시기는 쉬제가 정치적 조언자로서 있었던 루이 6세의 통치 후반기로 교회사적으로는 1차 십자군 원정으로 예루살렘 성지에 그리스도교 왕국을 세우고, 서방교회만의 첫 공의회를 라테란에서 개최한 지 얼마 지나지 않았던 때입니다. 곧 교회의 영향력이 유럽 국가들 안에서 점차로 강화되고 있는 시기에 쉬제는 새로이 성전의 증축에 나선 것입니다.

이때 쉬제가 증축한 부분은 웨스트워크의 나르텍스(전실) 부분입니다. 이 구역은 4분 볼트에 싱글 베이의 가장 단순한 형태였는데, 쉬제는 이곳에서 천장의 '리브'와 벽체의 '대응 기둥' 간의 일치와 관련된 구조 실험을 했습니다. 그리고 리브만이 아니라 아치를 이루고 있는 세 겹의 아키볼트에 대해서도 대응 기둥을

생드니 대성당 파사드

생드니 대성당 네이브 제단 방향

세워 구조적으로 안정을 모색했습니다. 하지만 일반적으로 5개의 리브에 대응 기둥이 만들어지는 형태에서 아키볼트로 4개의 대응 기둥이 더 생겨나서 하나의 기둥에 9개의 대응 기둥이 형성되었습니다. 이렇게 기둥은 엄청난 두께를 갖게 되었지만, 로마네스크 성당의 두꺼운 벽체와는 구조적인 면에서 다른 언어의 표현이었습니다. 곧 대응 기둥을 이루는 선형 부재의 수직성으로 인해 로마네스

생드니 대성당 이스트엔드의 복도, 리브와 기둥과 외벽 창

생드니 대성당 파사드, 1845년 북쪽 첨탑이 무너지기 전의 모습

크적 물질성에서 벗어나고 있었습니다.

10년 후 쉬제는 이스트엔드의 방사형 소성당들과 복도에 손을 대었습니다. 10년 전 웨스크워크의 작업을 구조 실험이라고 하였던 이유가 이곳 이스트엔트에서 밝혀집니다. 생드니의 방사형 소성당들은 벽체가 없이 작은 앱스만으로 구

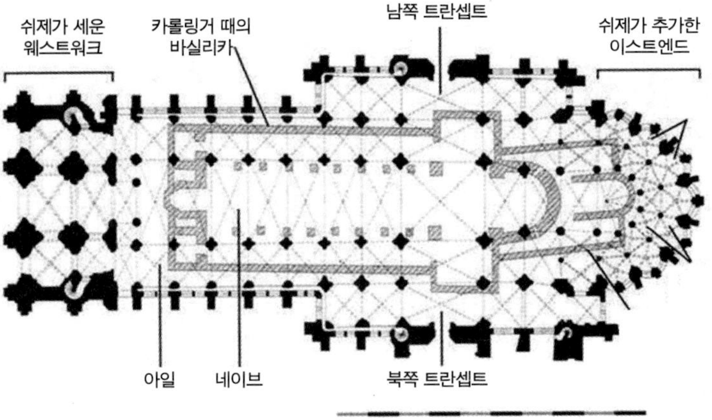

생드니 대성당 평면도

분되는 형태이기 때문에, 구조체는 천장의 리브와 기둥이 전부입니다. 하지만 웨스트워크의 장방형 싱글 베이의 리브와 달리, 이스트엔드의 방사형 소성당과 복도에 얹힌 천장의 경우는 리브의 형태가 불규칙적일 수밖에 없습니다.

쉬제는 이러한 불규칙한 형태의 천장을 리브로 구획하여 체계적으로 정리하였습니다. 그리고 이 리브를 받치는 기둥을 복합 기둥의 형태가 아닌 단일 원형 기둥으로 처리했습니다. 따라서 웨스트워크에서 실험한 리브에 대응하는 9개의 기둥으로 구성된 두꺼운 복합 기둥과 달리, 가늘고 단순한 형태의 이 원형 기둥은 기둥 간의 거리를 벌리며 넓은 실내 공간을 제공했습니다. 또한 리브 그로인 볼트는 천장과 외벽의 하중을 분산시켜 기둥으로 전달하면서 외벽에 넓은 창을 만들어줬고 그럼으로써 채광은 증가하고 공간은 시각적으로 더욱 확장되었습니다.

두 번에 걸친 증축으로 쉬제는 전성기 로마네스크 성당에서 움트기 시작한 리브와 대응 기둥의 구조적 상관관계를 연구하고 발전시키며 고딕 성당의 시작을 알렸습니다. 그는 하느님의 집인 성당을 세상에서 가장 아름다운 공간으로 만들고 싶어 했습니다. 곧 창조주께서 첫날 만드신 빛으로 성당을 밝히고 그 안을 둘째 날, 셋째 날의 피조물들로 가득 채우는 것이 그의 꿈이었을 것입니다. 그리고 이렇게 봉헌된 성당에서 사람들이 하느님 나라를 체험하기를 바랐을 것입니다.

누와용 대성당
Cathédrale Notre-Dame de Noyon
초기 고딕 성당의 발전

벽돌을 세워서 쌓으면 높이 올리기 힘들지만, 벽돌을 뉘어서 쌓으면 세우는 것보다 훨씬 높이 올릴 수 있습니다. 건물을 높이 올리기 위해서는 벽체가 두꺼워져야 하는 것이 일반적인 구조 원리입니다. 따라서 성당의 수직화와 경량화는 동시에 이루기 힘든 목표임이 틀림없습니다. 하지만 쉬제의 실험은 빛을 성당에 많이 들어오게 하는 데 어느 정도 효과를 보았고, 후대의 성직자와 장인은 쉬제가 성당 안에 담아 건네준 빛을 더 늘리기 위해서, 수직화와 경량화라는 서로 모순된 목적을 모두 이루는 실험을 계속해 나갔습니다.

쉬제의 제자들은 리브 그로인 볼트에서 6분 볼트와 4분 볼트의 역학적 문제를 규명하고, 천장에서 내려오는 리브에 대응하는 기둥의 형태, 싱글 베이와 더블 베이로 인한 주기둥과 부기둥의 역할 등을 정리하려고 했습니다. 또한 네이브월의 3단 혹은 4단 구성에 의한 구조적 안정성 문제도 검토했습니다. 이러한 노력의 결과가 처음 나타난 곳이 상리스 대성당입니다.

상리스 대성당(Cathédrale Notre-Dame de Senlis)은 이미 4세기 말부터 상리스의 주교좌성당으로 있어왔지만, 고딕 성당으로 짓기 시작한 것은 쉬제가 생드니 대성당의 두 번째 증축 공사를 마친 지 얼마 되지 않은 1150년이 막 지나서였습

상리스 대성당 파사드

상리스 대성당 네이브월

니다. 먼저 상리스 대성당은 생드니의 구조적 실험을 네이브 등 전체 성당에 적용시켰습니다.

그래서 갤러리의 천장이 리브 그로인 볼트로 설계 단계부터 구조적으로 완전하게 시공되었습니다. 갤러리의 천장이 구조적으로 보강된 것은 네이브의 천장과 클리어스토리의 외벽에서 내려오는 하중을 견디기 위한 것이었습니다. 그 결과 클리어스토리의 창이 커지면서 채광이 좋아졌습니다. 다만 로마네스크에 가까운 네이브월의 3단 구성과 천장에 4분 볼트와 6분 볼트가 혼합되어있는 점 등은 구조적으로 아직은 고딕의 시작 단계에 있다는 것을 보여줍니다.

상리스의 구조적 발전을 위한 시도는 거의 같은 시기에 건축이 시작된 누와

누와용 대성당 파사드

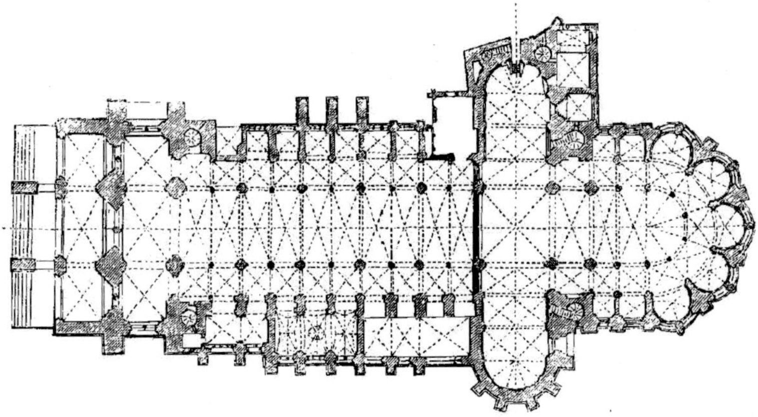

누와용 대성당 평면도

용 대성당에 연계되었습니다. 먼저 누와용 대성당의 볼트 체계가 후기 로마네스크에서 시작된 6분 볼트에서 4분 볼트로 변화된 것을 볼 수 있습니다. 상리스에서는 4분 볼트와 6분 볼트가 혼재되었던 반면, 누와용에 와서는 4분 볼트로 통일된 것입니다.

그런데 이 경우 천장과 기둥의 구조 문제가 정확히 이해되었다면 싱글 베이에 단일 기둥 형태를 띠었을 텐데, 기둥 체계가 주기둥과 부기둥의 형태로 되면서 마치 더블 베이와 비슷한 형태를 하고 있습니다. 이는 천장을 받치는 횡방향 아치가 두꺼운 아치와 가는 아치의 두 형태로 번갈아 쓰였기 때문입니다. 4분 볼트로 올려졌지만, 아직 6분 볼트의 구조적 영향이 남아 있다는 의미입니다. 하지만 복합 기둥의 단면적이 이전과 비교해서 훨씬 줄어들었습니다. 이는 리브와 대응기둥 등의 선형 부재에 의한 구조 기술이 발달하고 있다는 것을 가리킵니다.

다음으로 누와용 대성당에서 눈여겨볼 것은 네이브월이 4단으로 구성되었

누와용 대성당 4단 네이브월

다는 점입니다. 아케이드, 갤러리, 클리어스토리의 일반적인 3단 구성에서 갤러리 상부에 층이 하나 더 첨가된 것입니다. 이 층은 외부의 경사 지붕이 클리어스토리 하단에서 내려와서 갤러리를 만나기 전까지의 공간으로, 네이브월에서 보면 갤러리와 클리어스토리 사이의 벽에 해당합니다. 이 부분을 구조적으로 처리하기 위해서 단순히 벽으로 두지 않고 새로운 층으로 만든 것입니다. 이 층은 공간이 있는 이중벽으로 통행도 가능한데, 무엇보다 상부의 하중을 받는 내력 구조로 설계되었기 때문에 수직성을 향상시키는 것에 도움을 줄 수 있었습니다.

이 추가된 층은 처음에는 블라인드 아치로 처리하였으나, 나중에 개방된 아치의 형태를 띠면서 갤러리가 두 개인 것처럼 보입니다. 이것을 후대의 트리포리움으로 보는 견해도 있지만 그렇게 보기 힘든 것은 천장이 볼트가 있는 내력 구조로 설계되었고 플라잉 버트레스도 나타나기 전이기 때문입니다. 하지만 이 층이 트리포리움의 초기 형태라고 볼 수 있고, 더욱이 플라잉 버트레스가 발달한 시기에 와서는 갤러리의 두 층을 모두 대체하는 층으로 발전하게 되었다는 점에서 구조적 의미가 있는 층이라고 말할 수 있습니다. 이렇게 누와용 대성당은 이전과 비교해 구조적으로 발전된 형태를 취하면서, 천장의 높이는 높아졌고 벽의 창들은 넓어져, 하늘의 빛이 성당 깊숙이 들어올 수 있었습니다.

랑 대성당

Cathédrale Notre-Dame de Laon

높더라도 안정감이 필요한 고딕

누와용 대성당에 이어 초기 고딕 성당의 구조적 발전을 이룬 곳은 1160년경에 공사를 시작한 랑 대성당입니다. 랑 대성당은 먼저 네이브월이 4단 구성인 점에서 누와용 대성당의 영향을 받았다고 볼 수 있습니다. 4단이 된 것은 갤러리 상부에 한 층이 추가되었기 때문인데, 누와용에서는 이 층이 구조적 역할을 했기 때문에 트리포리움으로 보기 힘들었습니다. 그런데 랑에서는 이 층의 아치가 개방되면서 구조적으로 자유로워지는 것을 보게 됩니다. 이러한 발전은 이 층이 갤러리에서 트리포리움으로 전환되고 있다는 것을 말하며, 결국 수직적으로 더 확장하는 가능성도 보여주는 것입니다.

네이브월의 4단 구성만이 아니라 리브 그로인 볼트와 대응 기둥 체계에서도 누와용에 비해서 상당한 발전이 있었습니다. 누와용은 4분 볼트 천장에 기둥이 주기둥과 부기둥으로 교대되면서 더블 베이를 형성하였습니다. 4분 볼트임에도 횡방향 아치의 크기 변화로 기둥의 두께가 변하게 된 것입니다. 랑은 그러한 불일치를 극복하기 위해서 천장이 6분 볼트로 되돌아갔습니다. 하지만 아이러니하게도 코어 기둥은 같은 크기의 원형 기둥으로 구성되면서 싱글 베이를 형성합니다. 결국 4분 볼트에는 싱글 베이가 6분 볼트에는 더블 베이가 구조적으로 맞

랑 대성당 파사드

는 구성인데, 4분 볼트에 더블 베이인 누와용이나, 6분 볼트에 싱글 베이인 랑은 모두 구조적 모순을 보여주고 있는 것입니다.

그렇지만 6분 볼트의 리브에 이어지는 대응 기둥의 수가 3개인 복합 기둥과 5개인 복합 기둥이 있는데, 이것이 네이브의 바닥까지 내려오지 않고 동일한 크기의 원형 코어 기둥 주두까지만 내려오는 것을 주의 깊게 볼 필요가 있습니다. 결국 굵기가 다른 것이 교대되는 복합 기둥이 네이브 바닥까지가 아니라 아케이드의 코어 기둥 주두까지만 내려오고, 그 이후의 코어 기둥은 모두 동일한 단면적을 갖는 싱글 베이를 이룸으로써 6분 볼트의 천장에 싱글 베이가 형성된 것입니다. 이런 구조는 대응 기둥을 코어 기둥의 어디까지 내려오게 할 것인지 문제를 제기하게 되었습니다. 이렇게 랑 대성당은 초기의 고딕 성당들이 천장과 기둥의 역학적 관계를 알아내기 위한 실험 과정 중에 있다는 것을 보여주고 있습니다.

이러한 랑 대성당의 수직적 확장은 뜻밖으로 수평적 안정성과 조화를 이루고 있습니다. 누와용의 복합 기둥이 리브 끝에서 네이브의 바닥까지 일직선으로 내려오는 것에 비해, 랑의 복합 기둥은 중간중간에 고리 모양의 띠를 두르고 있는 것이 수평성을 강조하는 좋은 예입니다. 수직성을 돋보이게 하는 기둥에 수평적 요소를 가함으로써 높고 가는 기둥이 주는 불안감을 해소하고 수직과 수평의 조화를 이루게 하여 안정감을 줍니다.

고딕 성당에서 수직성은 매우 중요한 요소입니다. 하지만 수직성은 수직적 요소로만 이루어지지 않고 많은 경우 고전적 수평성을 함께 추구합니다. 랑 대성당이 그 대표적인 경우인데, 극단적인 것보다는 중도적인 입장을 갖는 것이 편안함을 주기 때문입니다. 성당 건축에서 고전에 해당하는 것은 고대 로마 제

▲ 랑 대성당 네이브 수평성
▼ 랑 대성당 6분 볼트

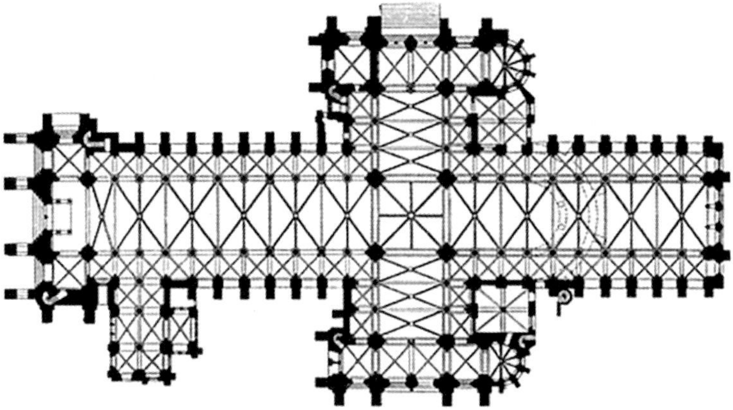

랑 대성당 평면도

국의 성당들입니다. 고대의 성당들은 종교적 건물임에도 불구하고 신전이 아닌 공회당(바실리카)의 형태를 취했습니다. 여기서 '바실리카 양식'이 생겨났으며, 나아가 교회는 역사적으로 중요한 성당에 '바실리카'라는 칭호를 부여하였습니다.

그런 이유에서 로마네스크 성당 역시 바실리카 평면이 주를 이루고 있습니다. 바실리카 성당에서 서쪽 출입구는 세속 영역을, 동쪽 제단은 신의 영역을 상징하기에, 성당 입구(웨스트워크)에서 출발하여 제단(이스트엔드)에 이르는 동선은 하느님을 향해 걸어가는 신앙인의 여정을 보여줍니다. 이는 바실리카 평면이 땅에서 하늘로의 여정을 수평적으로 표현한 것이라고 말할 수 있습니다. 그런데 고딕 성당은 하늘로의 여정을 수직적으로 표현하였기에, 결국 제단이라는 오래된 바실리카 성당의 하늘과 충돌하게 된 것입니다. 그리고 대부분 수평적 하늘이 수직적 하늘에 압도당해 사라져버렸습니다.

하지만 랑 대성당은 극단적 수직성에 맞서 참된 그리스도교 성당은 수직성을 추구하더라도 어느 정도 자제하여 고대 교회의 정신인 수평성과의 조화를 추구하여야 한다고 주장한 것입니다. 그것이 참된 그리스도교 정신이라는 것입니다. 그래서 랑은 고딕 성당의 수직성 안에 수평성을 새겨두어 둘이 균형을 이루도록 했습니다. 조화와 균형을 이룬다는 것은 공동체를 살아가는 교회 구성원에게도 매우 중요한 덕목일 것입니다.

파리의 노트르담 대성당

Cathédrale Notre-Dame de Paris

대형화의 구조 원리를 찾아서

고딕 성당이 지어지기 시작한 12세기는 성모 마리아에 대한 공경이 대중화되고, 그에 따라 신학의 영역에서 마리아론이 발전한 시기였습니다. 특히 구세사 안에서의 마리아의 역할에 초점이 맞춰졌는데, 예수 그리스도의 강생과 관련된 마리아의 협력에 집중되었던 관심이, 그리스도의 십자가를 통한 구원 사건 안에서의 마리아의 역할로 옮겨가고 있었습니다. 십자가 아래서 그리스도의 고난에 동참한 것은 아드님의 구원 업적에 어머니 마리아가 더욱 긴밀히 다가가 있음을 의미합니다.

마리아의 중개에 대한 신학자들의 논쟁은 차치하고라도, 중세의 그리스도교 신자들에게 마리아의 존재는 세상살이의 상처를 치유하고 어루만져주시는 자비로운 어머니로 자리했습니다. 그래서 많은 주교좌성당이 성모 마리아(노트르담)를 주보 성인으로 정했고, 그중 가장 잘 알려진 성모 마리아 성당, 곧 노트르담 대성당이 파리의 노트르담 주교좌성당입니다. 그래서 '노트르담 대성당'이라고 말하면 보통 파리의 노트르담 주교좌성당을 말하는데, 앞에서 언급된 상리스 대성당과 누와용 대성당, 그리고 랑 대성당 모두 '노트르담 대성당'이라는 것을 알아두면 좋겠습니다.

밤의 파리 노트르담 대성당 파사드

생드니 수도원장 쉬제의 실험은 상리스와 누와용, 랑 대성당을 거치면서 초기 고딕 성당의 발전을 이루었고, 본격적으로 수직성을 추구한 파리의 노트르담 대성당에서 완성되었다고 볼 수 있습니다. 노트르담 대성당이 1160년대 초반 랑 대성당과 비슷한 시기에 지어졌지만, 랑 대성당과 비교해볼 때 가장 눈에 띄는 것은 규모의 웅장함입니다. 네이브의 높이를 보면 랑의 경우는 25미터인 반면 노트르담은 35미터로 1.4배 증가했습니다. 바닥 면적도 랑의 28미터×92미터에서 38미터×122미터로 1.8배 확장되었습니다. 랑은 3랑식이지만 노트르담은 5랑식으로 구성되었기 때문입니다. 어쩌면 쉬제가 생드니 대성당에서 일부 취했던 5랑식의 대담함이 파리 노트르담 대성당에서 다시 살아난 것 같은 느낌마저 듭니다. 이 두 성당에는 안주하지 않고 앞으로 나가려고 하는 진취적 역동성이 있습니다.

조금 더 들어가 보면, 노트르담의 네이브월은 누와용과 랑처럼 4단 구성을 했습니다. 하지만 상부 갤러리가 노트르담에서는 원형창으로 바뀌면서 갤러리가 두 층이 아니라 클리어스토리가 두 층인 것처럼 보입니다. 이는 단순히 형태상의 변형이 아니라 구조적 변화를 의미합니다. 누와용과 랑에서는 이 층이 통행이 가능한 이중벽에 내력 구조로 되어 있습니다. 그런데 노트르담에서는 이 층에 원형창이 설치되면서 홑겹의 비내력벽이 된 것입니다. 따라서 네이브월의 형태만 보면 4단 구성 같지만 구조 면에서 보면 3단 구성인 셈입니다. 이는 고딕 성당의 네이브월이 4단에서 점차 3단으로 변화하고 있다는 것을 보여줍니다. 물론 현재의 노트르담 대성당의 네이브월은 이후의 증축으로 3단 구성으로 되어 있습니다.

기둥 체계도 노트르담이 초기 고딕을 완성하는 전환기에 있다는 것을 보여줍니다. 누와용은 4분 볼트지만 횡방향 아치의 굵기 차이로 더블 베이를 취했고, 그 불일치를 해결하기 위해서 랑에서는 6분 볼트로 돌아갔으나 싱글 베이에 가까운 형태입니다. 이러한 볼트와 베이의 불일치 문제를 해결하고자 노트르담 대성당은 천장은 6분 볼트로 남겨둔 채 기둥의 단면적을 최대한 같게 만들어, 이전보다 안정된 싱글 베이의 해법을 내놓았습니다. 그래서 랑 대성당처럼 복합 기둥의 크기가 다르지 않고, 모두 3개의 대응 기둥을 갖는 같은 단면적의 복합 기둥이 아케이드의 단일 원형 기둥 주두까지 내려옵니다.

이는 고딕 성당이 구조적 통일성을 갖는 싱글 베이로 점차 다가가고 있음을

▲ 파리 노트르담 대성당 네이브 제단 방향
▼ 파리 노트르담 대성당 크로싱 트란셉트 장미창

파리 노트르담 대성당 6분 볼트

보여줍니다. 물론 이러한 일치가 6번째와 7번째 기둥에서는 조금 흐트러져 있는 모습을 보이는 것이 아쉽습니다. 이렇게 노트르담은 성당의 규모를 파격적으로 늘리면서 구조의 발전을 추구했으나 4단 네이브월과 6분 볼트 그리고 싱글 베이의 기둥 구성에서 아직 해결해야 할 과제를 안고 있는 것이 사실입니다.

하지만 구조적 불완전성에도 불구하고, 파리의 노트르담 대성당이 대형화를 이룰 수 있었던 것은 기존의 고딕 요소에 처음 시도된 독창적인 구조 부재가 첨가되었기 때문입니다. 그것은 보통 벽체가 바깥 방향으로 넘어가지 않게 수직으로 덧대는 구조물인 버팀벽(버트레스, buttress)의 기능을 활용한 것입니다.

일반적으로 버트레스는 아케이드의 외벽에 설치됩니다. 따라서 갤러리와 클리어스토리의 하중은 모두 자체 내력벽으로 지탱해야 했고, 그에 따라 벽체는

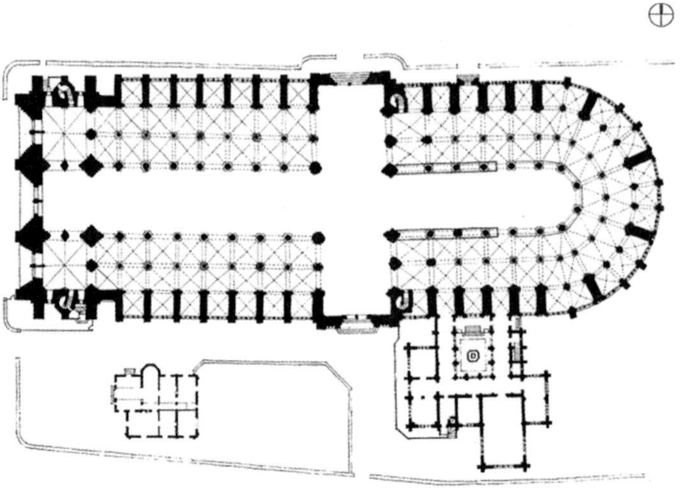

파리 노트르담 대성당 평면도

두꺼워지고 창의 면적은 작아졌습니다. 이 문제를 극복하기 위해서 아케이드의 버트레스 기능을 상부층까지 확장할 필요가 있었고, 결국 일반 버트레스가 아닌 아치 형태로 개방되어 공중에 떠 있는 듯한 버트레스가 착안된 것입니다. 이 버팀벽을 플라잉 버트레스(flying buttress)라고 부릅니다.

노트르담 대성당에 플라잉 버트레스가 축조된 것은 1180년 이후로 봅니다. 처음 이스트엔드의 외벽에는 플라잉 버트레스가 없었고, 네이브의 외벽에만 설치되었습니다. 물론 이후의 증축으로 지금은 이스트엔드에도 플라잉 버트레스가 축조되어 있습니다. 처음 설치된 플라잉 버트레스는 구조적으로 완전하지는 않았습니다. 플라잉 버트레스로 인해 벽체의 두께가 얇아지긴 했지만, 트리포리움은 아직 안 보이고 갤러리가 그대로 있는 것은 플라잉 버트레스의 역할이 아

파리 노트르담 대성당 플라잉 버트레스

직 미진하다는 것을 의미합니다. 그것뿐만 아니라 플라잉 버트레스의 아치 단수가 많아서 채광을 방해하고, 최하단의 버트레스는 여전히 두껍습니다. 하지만 노트르담 대성당은 구조의 수직적 확장을 위해서 플라잉 버트레스라는 새로운 구조물을 실험한 것만으로도 가치를 인정받을 수 있기 충분합니다.

플라잉 버트레스가 수직 구조의 혁신이었다면, 수평적 확장에 기여한 노트르담 대성당의 공은 평면의 기하학적 정형성에 있습니다. 이는 랑 대성당이 보여준 고전적 수평성의 공헌이라고 볼 수 있습니다. 기둥의 간격을 더 벌려 놓는다고 성당이 넓혀지는 것은 아닙니다. 확장이 가능한 일정한 모양의 단위를 형성하고 그것의 수를 늘려야 합니다. 이를 위해서 노트르담 대성당은 정사각형의 기하학적 정형성을 갖는 모듈을 도입했습니다. 네이브만이 아니라 이스트엔드의 방사형 소성당에도 모듈 개념이 도입되었는데, 여기에는 기존의 사다리꼴이 갖는 한계를 극복하기 위해서 사다리꼴을 세분한 삼각형 모듈을 만들었고 이것이 확장의 가능성을 열어주었습니다.

이렇게 파리의 노트르담 대성당은 초기 고딕 성당들이 갖는 한계를 극복하고자 당시에 없었던 첨단 기술들을 도입하며 전성기의 고딕 성당들을 준비시켰습니다. 하지만 노트르담 대성당은 수년 전 보수 공사 중의 화재로 많은 부분이 소실되어 옛 모습을 볼 수 없게 되었습니다. 안타까운 마음 금할 수 없으나, 최선의 복원으로 처음의 노트르담 대성당이 안겨준 기쁨을 다시 맛볼 수 있기를 소망합니다.

빅토르 위고의 『파리의 노트르담』

『레 미제라블』(1861년)로 잘 알려진 빅토르 위고(Victor Hugo)는 그보다 30년 전인 1831년에 『파리의 노트르담』[5](Notre Dame de Paris)을 출간했습니다. 서른 살 무렵 몇 개월 만에 완성된 이 책은 특별히 제3부에서 파리의 노트르담 대성당에 대해서 상세히 설명하고 있습니다. 위고는 스물세 살이 되던 해에 레지옹 도뇌르 훈장 수여자의 자격으로 샤를 10세의 대관식에 참석하게 됩니다. 그 대관식은 여느 왕처럼 랭스 대성당에서 거행되었는데, 평소 고딕건축에 관심이 많았던 위고는 랭스 대성당의 모습에 매료되어 그 후 건축 여행을 다니게 되었다고 합니다. 그리고 그는 여행기를 집필하였는데, 그중 '프랑스의 기념비적 건축물들의 파괴에 대하여'라는 글을 통해서 문화유산이 어떻게 망가지고 있는지를 세상에 알렸습니다. 특히 고딕 성당의 훼손에 대한 그의 우려는 『파리의 노트르담』에 잘 나타납니다.

위고는 '제3부 제1장 노트르담'의 시작에서 이렇게 말합니다. "파리의 노트

5 참조: 빅토르 위고, 『파리의 노트르담』, 성귀수 역, 작가정신, 2018.

◀ 프랑스 화가 알퐁스 르그로가 그린 빅토르 위고
▶ 파리의 노트르담 1831년판 표지

르담 대성당은 오늘날에도 여전히 장엄하고 숭고한 건축물임이 틀림없다. 그러나 제아무리 아름답게 모습을 유지하고 있다손 쳐도, 최초의 돌을 놓은 샤를마뉴(카롤루스 대제)와 최후의 돌을 놓은 필리프 오귀스트에 대한 경의를 저버린 채 인간들이 이 존경할 만한 기념물에 가한 무수한 훼손의 흔적 앞에서 한숨을 참고 치밀어 오르는 분노를 억제하기란 결코 쉬운 일이 아니다."[6] 그는 파리의 노트르담 대성당이 비단 세월에 의해서만이 아니라 인간에 의해서 특히 예술가들,

---

6 위의 책, 151쪽.

곧 건축가들에 의해서 이런 참혹한 결과가 저질러졌다고 한탄합니다.

이어서 그는 이 대성당이 얼마나 훌륭한 건축물인지를 꼼꼼히 설명합니다. 먼저 파사드를 보면 포인티드 아치로 지어진 세 개의 포털과 그 위의 역대 왕들의 조각상들, 그리고 가운데에 장미창과 양옆에 작은 창문들이 있습니다. 또한 위로 줄줄이 늘어선 기둥들이 육중한 전망대를 받치고 있고, 클로버 모양의 장식이 붙은 높고 화려한 아케이드 주랑과 슬레이트 차양이 달린 종각 두 개가 그 위용을 자랑하고 있다고 설명합니다. "이처럼 완벽한 조화 속에서 각 부분들을 거대한 5층 석조물로 모아 올리는 가운데, 장엄함 파사드의 전체 집합체가 산만한 점 하나 없이 단번에 눈 앞에 펼쳐지는 것"[7]이라고 칭송합니다.

이를 돌의 교향곡이라고도 표현하는 위고는 마치 신에 비길만한 인간의 창조력이 "신의 창조의 이중적 특성인 다양성과 영원성의 비법을 훔쳐내어 이 성당을 만든 것"이라고 감탄합니다. 그러면서 파사드만 보더라도 대성당 전체를 가늠할 수 있고 나아가 중세의 성당들로 짐작할 수 있는 것은 모든 것이 논리적이고 잘 조화된 예술의 개념으로 설명이 가능하기 때문이라는 것입니다. 마치 거인의 발가락 크기를 재면 거인의 키를 가늠해 볼 수 있는 것처럼 말입니다.

하지만 이 대성당은 후에 엄청난 푸대접을 받았는데, 먼저 세월의 흐름이 건축물을 손상시켰다고 말합니다. 또한 정치적 종교적 혁명의 맹목적 분노가 조각품이나 세공품을 부수고 장미창을 산산조각냈으며 조상들의 유품을 망가뜨렸다고 탄식합니다. 그리고 혁명보다 더 위험한 것이 유행인데, 유행이 건축의 핵

7 위의 책, 153쪽.

심에 파고들어 건축물이 가지고 있는 형식과 상징, 논리 그리고 아름다움을 모두 허물어버렸다고 토로합니다.

위고는 대성당의 양식을 평가하기를 순수 로마네스크 양식도 아니고 순수 고딕 양식도 아니며, 과도기적 양식의 성당이라고 말합니다. 처음 기둥은 로마네스크로 세워졌지만, 반원 아치 대신 포이티드 아치가 얹히면서 그 양식이 전체를 지배했는데 그 뾰족하기로 치면 후대의 포인티드 아치만 못하였다고 비평합니다. 이를 육중한 로마네스크식 원기둥의 영향에서 완전히 벗어나지 못한 결과라고 말합니다. 위고의 관찰은 매우 예리한데 그래서 파리의 노트르담 대성당이 전성기 고딕 성당에 속하지 못하고 초기 고딕의 완성 단계로 분류되는 것입니다. 이를 위고는 과도기적이라고 표현한 것이고 이러한 변화를 보여주는 것 자체가 매우 진귀한 전형이 되는 것이라고 말합니다.[8]

사실 위고의 표현대로 규모가 큰 성당일수록 오랜 세월 동안 건축이 진행되었기에 건축 중에라도 새로운 공법이 나올 수 있고 그러면 나머지 부분은 그것을 따라가게 마련인 것입니다. 그래서 하나의 성당이 층이 올라갈수록 매 시기의 첨단 건축술이 접목되어, 특정 건축가 개인이 아닌 축적된 종합 기술이 성당에 집약되는 것이라고 위고는 말합니다. 그래서 로마네스크 층, 고딕 층, 르네상스 층(그리스 · 로마 층)이 태양 스펙트럼처럼 각 층의 경계에서는 서로 섞여 있는 것입니다.

하지만 위고는 이러한 다양함은 건물의 외관에서 그런 것이지 성당의 본질

---

8 참조: 위의 책, 166쪽.

은 어떤 것에도 영향을 받지 않는다고 말합니다. 외적 장식물에 상관없이 근원적이고 원초적인 차원에서 성당은 항상 로마의 바실리카 양식을 가지고 있음을 강조합니다. 곧 성당의 평면은 라틴 크로스의 형태이고, 제단이 있는 앱스에는 성가대석이 있고, 네이브는 신자들의 좌석과 행렬을 위한 공간이고, 아일은 복도로 걸어 다닐 수 있으며 그 곁에는 소성당 있는 점이 그렇습니다. 이렇게 모든 성당이 같은 법칙을 가지고 영원히 발전하고 있는 것입니다. "불변하는 질서와 통일성을 저변에 간직하고 서 있는 전 건물들의 외적 다양성"[9]에 대한 위고의 통찰은 정말 놀랍습니다. 그리고 그 안에서 노트르담 대성당 본래의 모습을 찾으려고 애쓰는 그의 성당 건축에 대한 진심을 느낄 수 있습니다. 다시 복원되는 노트르담 대성당은 위고의 감탄과 우려를 담아냈으면 좋겠습니다.

9 위의 책, 171쪽.

부르고뉴와 노르망디의 고딕

로마네스크의 중심에 고딕을

지금까지 알아본 초기의 고딕 성당들인 상리스, 누와용, 랑 그리고 파리의 노트르담 대성당은 모두 파리를 중심으로 하는 일 드 프랑스 지역에 위치해 있습니다. 로마네스크가 융성했던 남부의 부르고뉴와 북부의 노르망디 사이에 위치한 곳에서 고딕이라는 새로운 양식이 발생하게 된 것은 당대의 축적된 첨단 건축술을 두 지역으로부터 수용하기 좋은 지리적 위치에 있었기 때문이라고 이야기한 바 있습니다.

이렇게 일 드 프랑스에서 생겨난 고딕 양식은 프랑스 전역으로 확산되었는데, 적은 숫자이지만 비교적 통일된 양식으로 전파되었습니다. 단기간에 이루어진 이 확산은 대도시의 대성당을 중심으로 퍼져나가면서 소도시의 성당들에 영향을 미쳤고 건축이 용이한 작은 규모의 고딕 성당들이 많이 지어지면서 고딕 양식의 전파에 앞장서게 되었습니다.

먼저 부르고뉴 지역은 12세기에도 클뤼니회와 시토회가 여전히 주류를 이루었고, 수도회들이 선호하는 건축 형태 역시 로마네스크 양식이었기 때문에 고딕 양식이 전파되는 데는 어려움이 있었습니다. 부르고뉴에 전성기 로마네스크 양식으로 지어진 클뤼니 수도원 성당이 있습니다. 당시 후고 원장은 모든 건축

퐁트네 수도원 챕터하우스에 사용된 리브 그로인 볼트

적 역량을 집결시켜 길이 184.2미터와 높이 29.1미터에 이르는 성당을 건립했습니다.

하지만 전성기에서 후기로 넘어가는 로마네스크 시기는 초기의 고딕 시기와 겹치면서 고딕의 요소를 모르는 체할 수 없었습니다. 전성기 로마네스크를 주도했던 부르고뉴의 클뤼니 수도원의 경우 자신들이 영향을 주었던 고딕 양식의 전파로 고딕 양식과 부딪혔지만, 한편으로 자신들이 추구한 대형화 차원에서 고딕 양식으로부터 배울 것이 있다는 것을 알고 있었습니다. 따라서 클뤼니 수도원은 고딕 양식을 통째로 받아들이지는 않았지만, 고딕 성당의 요소라고 할 수 있는 3단의 네이브월과 포인티드 아치 등을 어휘별로 받아들였습니다.

반면에 시토회와 같은 엄격 수도회에서는 더욱 고딕 양식에 호의적이지 않

퐁트네 수도원의 네이브에 사용된 포인티드 아치

았습니다. 이는 고딕 양식을 시작한 쉬제와 시토회 수도원장 성 베르나르도의 성당 건축에 대한 논쟁에서도 분명히 드러납니다. 하지만 수도자들이 서원한 정결 청빈 순명이라는 복음적 권고에 저촉되지 않는다면 필요에 의해 고딕 양식을 받아들인 것이 사실입니다. 예를 들어 로마네스크 양식으로 지어진 시토회의 퐁트네 수도원 성당에서는 포인티드 아치와 리브 그로인 볼트, 버트레스 등의 고딕 요소가 부분적으로 발견됩니다.

노르망디 지역도 고딕 양식을 받아들이는 데에는 소극적이었습니다. 더욱이 이때는 노르망디에서 성당 건축이 침체기를 겪고 있을 때였는데, 이는 정치적 요인과 무관하지 않습니다. 노르망디 출신의 정복왕 윌리엄이 잉글랜드를 점령하여 노르만 왕조를 세운 후, 노르망디는 오히려 잉글랜드에 예속되는 상황이

캉의 생테티엔 성당 6분 볼트

캉의 생테티엔 성당 리브와 복합 기둥

연출되었고, 따라서 노르망디는 프랑스도 아니고 영국도 아닌 지역으로 전락하고 말았습니다.

따라서 노르망디 지역에서 고딕이라는 새로운 양식을 수용하기에는 역부족이었고 기존의 로마네스크 성당에 고딕의 요소가 덧붙여지는 정도였습니다. 캉의 생테티엔 성당 역시 리브 그로인 볼트(6분 볼트), 복합 기둥, 네이브월 3단 구성 등 고딕 성당의 요소들을 받아들였습니다. 또한 성가대석을 증축하면서 초기 고딕의 어휘들을 사용하여 성공을 거두기는 하였습니다. 하지만 이 시기의 일드 프랑스 지역과 비교해보면 고딕건축은 여전히 뒤진 상황이었습니다.

전성기 고딕

수직화와 경량화라는 서로 모순되는
두 가지 기술적 목표를 해결하면서
그리스도교적 가치와 예술적 완성도에
한층 가까이 다가서다

포인티드 아치

Pointed Arch(첨두아치)

고딕의 요소 하나

이제 전성기의 고딕 성당에 대해서 이야기할 차례인데, 그 전에 상리스, 누와용, 랑, 파리 노트르담 대성당을 거치며 유기적인 구조를 완성해 나간 초기의 고딕 성당들이 보여준 고딕의 중요한 요소들을 먼저 정리해 보려고 합니다.

고딕 구조의 첫 번째 요소로 '포인티드 아치'(pointed arch, 첨두아치)를 들 수 있습니다. 넓은 벽체에 출입구를 하나 만든다고 생각해 봅시다. 벽돌을 아래서부터 쌓기 시작하다가 출입구 부분에서는 양쪽에 기둥(수직 부재)을 세우고 그 위에 상인방(수평 부재)을 올린 뒤, 기둥 바깥과 상인방 상부에 벽돌을 마저 쌓을 것입니다. 여기서 '부재'란 어떤 구조물의 뼈대를 이루는 데 중요한 요소가 되는 여러 재료를 말합니다.

이때 출입구의 폭이 좁으면 상인방은 상부의 하중을 잘 견딥니다. 하지만 출입구의 폭이 넓어져 상인방 길이가 늘어나면 상인방에 걸리는 하중도 커지게 되는데, 이 하중이 상인방의 견딜 수 있는 한계점을 넘으면 상인방은 부러지고 벽체는 무너져 내릴 것입니다.

그런데 출입구의 폭이 같은 상황에서 수평 부재를 직선 형태의 상인방 대신 반원형 형태의 아치로 바꾸면 수평 부재에 걸리는 힘이 줄어듭니다. 출입구의

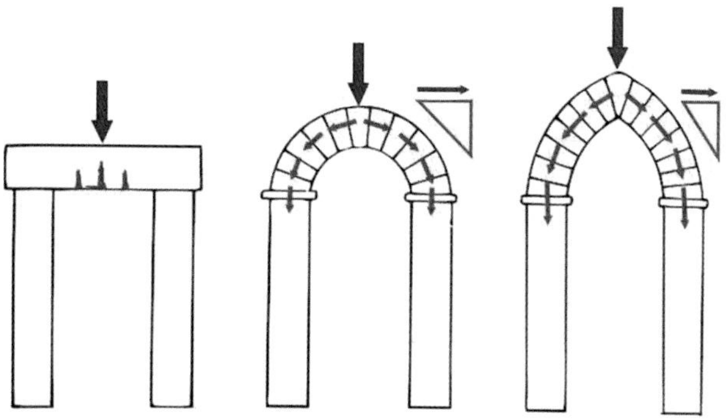

포인티드 아치 구조의 특징

폭이 같으니 상부에 작용하는 하중은 같지만, 하중이 아치를 따라 내려오면서 수평력과 수직력으로 분산되기 때문입니다. 이때 수직력은 기둥에 전달되고, 수평력은 기둥을 바깥쪽으로 밀어내는 작용을 합니다. 따라서 이 수평력과 균형을 이룰 힘이 없으면 이번에는 기둥이 바깥 방향으로 넘어갈 것입니다. 그래서 수직 부재인 기둥의 바깥쪽에 버팀벽을 세우는 것인데, 이 경우 결과적으로 출입구의 폭은 넓어졌지만, 버팀벽 등으로 벽체는 두꺼워집니다.

하지만 아치에 걸리는 하중의 수평력을 줄여 주면 버팀벽의 두께를 줄일 수 있습니다. 수평력을 줄이는 방법은 반원 아치의 경사면을 더 가파르게 만드는 것입니다. 그렇게 변형된 아치를 반원형이 아닌 꼭짓점이 뾰족한 형태라고 하여 포인티드 아치(첨두아치)라고 부릅니다. 이 포인티드 아치에서는 수평 부재에 걸리는 하중이 급경사를 타고 내려오기 때문에 하중이 분산되는 수평력과 수직력에 있어서 수평력의 크기가 줄어듭니다. 따라서 출입구의 폭이 같다면 반원 아치보다 포인티드 아치가 수평력을 적게 받아서 벽체의 두께도 줄일 수 있습니다. 이렇게 포인티드 아치에 의해서 서로 모순되어 화해하지 못할 것 같은 수직화와 경량화 사이의 거리가 조금씩 좁혀지기 시작했습니다.

포인티드 아치 구조의 또 다른 장점은 아치의 높이를 자유롭게 조절할 수 있는 것입니다. 반원 아치의 경우는 원을 반으로 자른 것이기 때문에 중심점에서 원주에 이르는 거리는 항상 일정하여 아치의 폭에 따라 높이도 정해집니다. 따라서 폭이 다른 반원 아치들이 한 평면에 나란히 있으면 그 높이가 제각각입니다. 더욱이 폭이 다른 반원 아치들이 서로 교차하면 그 높이가 달라서 하나의 교차점(꼭짓점)을 형성할 수 없습니다. 하지만 포인티드 아치는 폭이 다른 아치들이 교차하거나 나란히 놓여도 높이를 조절할 수 있기 때문에, 같은 높이로 만들 수 있습니다. 이는 이어서 설명할 리브 그로인 볼트에서 매우 유용한 구조 부재로서의 역할을 하게 됩니다.

리브 그로인 볼트

Rib Groin Vault(늑재 교차 궁륭)

고딕의 요소 둘

고딕 구조의 두 번째 요소는 '리브 그로인 볼트'(rib groin vault, 늑재 교차 궁륭)입니다. 볼트(vault)란 라틴어 volvere(굴리다, 구르다)의 과거분사 volutus(굴린, 회전된)에서 유래된 단어로 건축 용어로는 둥근 형태의 천장을 가리킵니다. 볼트의 종류는 크게 세 가지로 분류할 수 있는데, 앞에서 언급한 적이 있기에 간단히 설명하겠습니다.

먼저 가장 단순한 모양의 터널 형태를 띤 것을 배럴 볼트(barrel vault, 원통형 궁륭)라고 부릅니다. 그리고 네이브와 트란셉트가 만나는 지점인 '크로싱'의 천장처럼 두 배럴 볼트가 교차하여 이루는 천장을 그로인 볼트(groin vault, 교차 궁륭)라고 합니다. 끝으로 그로인 볼트의 둥근 면이 서로 만나는 모서리를 이루는 부분에 갈비뼈처럼 생긴 리브(rib)가 붙여진 형태를 리브 그로인 볼트라고 합니다.

리브 그로인 볼트가 처음 등장한 곳은 전성기 로마네스크 시대에 프랑스 노르망디의 캉에 세워진 생테티엔 성당과 영국의 더럼 대성당입니다. 하지만 로마네스크 시대에는 리브의 구조적 역할이 완전히 이해되지 못하였기 때문에 부분적이거나 장식적인 차원에서 시공되는 경우가 많았습니다. 그래서 대부분이 이미 올려진 그로인 볼트 위에 나중에 첨가되었습니다.

하지만 고딕 시대에 와서는 리브가 구조재로서 확실한 역할을 한다는 것을 이해했기 때문에 처음 천장을 시공할 때부터 리브를 만들었습니다. 사실 고딕 양식에서는 천장의 핵심 구조 부재가 리브이기에, 리브를 먼저 만들고 그 뒤에 천장 곡면을 채우는 방식으로 시공했습니다. 리브의 역할로 고딕 성당의 천장 두께는 로마네스크 성당의 반 이상으로 줄어들었습니다.

그런데 두 배럴 볼트가 만나서 그로인 볼트를 이룰 때, 배럴 볼트가 반원 아치 형태를 띠게 되면 두 배럴 볼트의 폭이 같아야 대각선의 꼭짓점이 한 점에서 만나서 그로인 볼트를 이룰 수 있습니다. 하지만 배럴 볼트의 단면이 반원 아치가 아닌 포인티드 아치인 경우에는, 포인티드 아치의 특성상 볼트의 높이를 자유롭게 조정할 수 있기 때문에, 배럴 볼트의 폭과 상관없이 배럴 볼트의 높이를 조절하여 교차하는 대각선의 꼭짓점이 한 점에서 만날 수 있습니다. 곧 어떤 폭의 배럴 볼트가 교차하더라도 하나의 꼭짓점에서 대각선이 형성되어 리브 그로인 볼트를 만들 수 있습니다. 이로써 리브를 자유롭게 설치하여 천장의 두께를 줄이면서 동시에 더 높이 천장을 시공할 수 있게 되어 수직화와 경량화의 거리가 한층 더 가까워지게 되었습니다.

플라잉 버트레스

Flying Buttress(공중 버팀벽)

고딕의 요소 셋

고딕의 첫 번째 요소인 포인티드 아치 구조를 설명하면서, 반원 아치 구조의 건물은 수평력 때문에 외벽에 두꺼운 버팀벽을 세워야 한다고 설명했습니다. 반원 아치 구조가 포인티드 아치 구조로 변하면서 수평력이 줄기는 했지만, 성당 높이가 높아질수록 버팀벽이 두꺼워지는 것은 피할 수 없었습니다. 그렇게 버팀벽이 두꺼워지면 결국 성당으로 들어오는 빛도 줄어듭니다. 따라서 성당의 수직화와 경량화라는 궁극의 목적을 이루려면 버팀벽을 대체할 수 있는 새로운 구조 체계가 필요했습니다. 이를 위해 고안된 것이 고딕 성당의 세 번째 요소인 공중 버팀벽, 곧 '플라잉 버트레스'(flying buttress)입니다.

플라잉 버트레스는 건물 바깥벽에 붙은 육중한 버팀벽(버트레스)을 드러내고, 바깥벽에 전달되는 하중을 건물과 떨어져 세운 기둥에 아치 형태의 구조재를 통해서 전달하는 방식입니다. 성당 안쪽의 하중은 천장의 리브 그로인 볼트와 벽체의 포인티드 아치 구조로 인해 외벽이 아닌 기둥에 집중됩니다. 기둥으로 전달된 하중의 수평력을 기둥에 붙은 구조재가 받아서 성당 밖의 기둥에 전달하는데, 그 구조재의 형태가 성당에 들어오는 빛을 차단하지 않도록 공중에 날렵하게 세워져 있기에 플라잉 버트레스라 부릅니다.

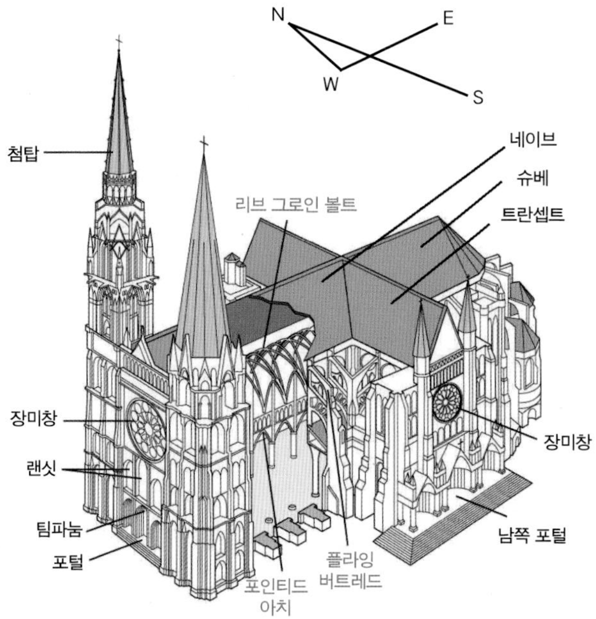

고딕 성당의 구조

거대하고 무거운 버팀벽이 날씬하고 가벼운 플라잉 버트레스로 대체될 수 있었던 것은 성당의 구조가 리브 그로인 볼트, 포인티드 아치, 그리고 복합 기둥 등으로 이미 상당 부분 유기적 구조 체계에 이르렀기 때문입니다. 따라서 플라잉 버트레스는 첨단 기술에 최첨단의 기술이 더해진 셈입니다.

지금까지의 설명으로 고딕의 주요한 요소인 포인티드 아치와 리브 그로인 볼트, 그리고 플라잉 버트레스에 대해서 어느 정도 이해가 되었을 것입니다. 이 세 요소가 어느 것이 더 중요하다고 할 수 없을 정도로 서로 유기적으로 연결되어서 수직화와 경량화라는 고딕 성당의 최종 목표를 이루었습니다.

고딕 성당의 유기적 구조를 설명하다 보니 제2차 바티칸 공의회 이후 21세기 현대 가톨릭교회에서 강조되고 있는 '시노달리타스'(synodalitas)라는 개념이 떠오릅니다. 이는 그리스어 '시노도스'(σύνοδος)에서 나온 말인데, '함께 걸어간다'라는 의미로 오래전부터 교회 안에서 실천된 신자들의 삶과 활동 방식을 가리킵니다. 곧 교회의 구성원인 평신도, 수도자, 성직자가 각자의 위치에서 맡은 역할을 다하면서, 서로 경청하며 대화하고, 성령 안에서 기도하며 식별하는 친교의 원리라고 말할 수 있습니다.

고딕의 세 요소가 함께 어우러져 천상의 빛이 가득 찬 아름다운 성당을 세우는 일도 마찬가지입니다. 포인티드 아치, 리브 그로인 볼트, 플라잉 버트레스 역시 벽과 천장과 기둥이라는 각자의 위치에서 맡은 하중을 견디며, 서로에게 부하를 주는 것이 아니라 서로의 하중을 나누어 담당하는 그렇게 도움을 주는 방식으로 작용하여, 더 가벼우면서도 더 높이 성당을 올리는 것입니다. 그렇게 그리스도의 빛이 네이브의 가장 깊숙한 곳까지, 신앙 공동체의 구석구석까지 들어오는 것입니다.

아리스토텔레스의 '습성'

고딕 DNA의 퍼즐들 하나

지금까지 초기의 고딕 성당과 고딕 성당의 기본 구조를 이야기했습니다. 이제 전성기의 고딕 성당들을 방문하려고 하는데, 그전에 앞에서 언급한 고딕건축과 스콜라철학의 시간적 공간적 동시 발생 중에서 특히 전성기의 고딕건축에 잘 나타나는 고딕건축과 스콜라철학의 평행현상에 어떤 인과적 관계가 있는지 먼저 살펴보려고 합니다. 한마디로 평행현상의 원인을 찾는 일인데, 앞에서 언급한 에르빈 파노프스키는 이 인과관계가 누가 누구에게 직접적이고 개별적으로 조언을 해주는 것에 의해서가 아니라, 일종의 확산에 의해서 생겨난다고 말합니다. 곧 '심적 습성'(mental habit)이 퍼져나간다는 것입니다. 이를 위해서 먼저 '습성'이란 단어의 의미를 짚어보려고 합니다.

습성이란 개념을 처음 사용한 철학자는 아리스토텔레스입니다. 습성의 영어 'habit'은 라틴어 habitus에서 나왔는데, 이들의 어원은 그리스어 hexis입니다. 그리스어 hexis는 '소유하다'라는 뜻의 동사 echein의 명사형으로 '소유'라는 의미인데, 아리스토텔레스는 그의 『범주론』과 『형이상학』에서 hexis(소유)를 논리학의 전문용어로 사용했습니다.

그가 생각하는 'hexis'의 첫 번째 뜻은 그의 10가지 범주 중 하나로 소유라

17세기 이탈리아 화가 루카 조르다노가 그린 아리스토텔레스

는 원초적 의미입니다. 아리스토텔레스의 10가지 범주는 주체(주어)로서의 실체(substantia)가 있고, 이후 아홉 개는 모두 우유(술어)에 해당하는 것으로, 주체의 내부에 속하는 질료로서 양(quantitas)과 형상으로서 질(qualitas), 그리고 상대적인 것으로 관계(relatio)가 있습니다. 그리고 주체의 외부에 속하는 것은 소유(habitus), 그리고 시간으로 언제(quando)와 장소로서 어디(ubi)와 위치(situs)가 있습니다. 주체의 내부와 외부에 모두 속한 것은 원리로서의 능동(actio)과 목적으로서의 수동(passio)이 있습니다.

그런데 아리스토텔레스는 그의 『범주론』 8장에서 성질(poiotes, qualitas)을 diathexis와 hexis로 구분하면서 hexis를 성질 범주에서 설명합니다. 이때 hexis

는 10가지 범주 중의 하나인 '소유'의 개념은 아닙니다. hexis를 diathexis의 개념과 연관시키는데, 먼저 diathexis는 어떤 사물이 놓이게 되는 특정한 상태, 곧 따뜻함과 차가움, 병과 건강 등을 말합니다. 그리고 그런 상태가 오래 지속되어 다른 것으로 변하기 어려운 상태가 된 것을 hexis라고 말합니다. 따라서 hexis는 영속적인 diathexis라고 말할 수 있습니다. 이 diathexis를 '상태'로 hexis를 '습성'이라고 번역할 수 있습니다.[10]

아리스토텔레스는 『니코마코스 윤리학』에서 hexis를 인간적 행위의 원리인 '영혼의 습성'이라는 심리학적 의미로 사용합니다. 그는 위의 책 제2권 제5장에서 적절한 감정을 유지하게 하는 성격적 탁월성(덕, arete)에 대해서 말하면서, 탁월성의 유개념(類概念, generic concept)이 습성이라고 말합니다. 습성에 따라 우리가 감정들에 대해 제대로 태도를 취하거나 나쁘게 태도를 취하게 된다는 것입니다. 이 습성은 성격적 탁월성(덕)의 유개념일 뿐만이 아니라, 지성적 탁월성(학문, 지성, 지혜 등)의 유개념이기도 합니다. 곧 탁월성 일반의 유개념으로서의 습성 개념은, 특정한 활동을 할 수 있는 인간의 능력이 반복적 활동을 통해 갖게 된 변하기 어려운 성질이라고 말할 수 있습니다. 이 성질이 형성되면 해당 능력은 성질에 따라 특정 방식으로만 수행하게 됩니다. 따라서 습성은 사물의 본성은 아니지만, 본성처럼 된 '활동의 태세'라고 말할 수 있습니다.[11]

---

10 참조: 토마스 아퀴나스, 『신학대전』 제22권 제2부 제1편 49-54문(『습성』) (Summa Theologiae, vol.22, I-II, qq.49-54), 한국성토마스연구소, 2020(이하 『습성』), 7쪽.

11 참조: 에르빈 파노프스키, 『고딕건축과 스콜라철학』, 16~19쪽.

토마스 아퀴나스의 '습성'

고딕 DNA의 퍼즐들 둘

토마스 아퀴나스는 그의 『신학대전』 제2부 제1편 제49~54문에서 '습성'에 대해서 성찰하면서 덕과 악습에 대한 긴 논의를 시작합니다. 그는 인간적 행위들에 대한 고찰에서 그 원리들에 대한 숙고로 넘어가고, 그래서 습성 개념에 대한 분석을 통해 덕과 악습에 관한 고찰을 준비시킵니다.[12] 토마스에 의하면 인간은 습성의 피조물입니다. 인간은 잠재 능력을 품고 태어나지만, 능력 자체는 씨앗에 불과해서 결실을 내기 위해서는 훈련되어야 합니다. 훈련을 통해서 획득된 성질이 습성입니다.

발달의 질서에서 능력(potentia)은 활동(actio)을 낳고 활동은 습성(habitus)을 낳습니다. 곧 능력은 원초적 재능이지만 습성은 획득된 것입니다. 따라서 습성은 강하거나 약할 수 있습니다. 습성이 활동의 산물이지만 그것이 다시 행동의 원리가 되고 능력이 그것을 통해 작용할 수단이 됩니다. 그러므로 습성은 작용을 위한 능력과 행위 사이의 중간 자리를 차지합니다.[13]

---

12 참조: 『습성』 xxxix쪽.

13 참조: 『습성』 xlii쪽.

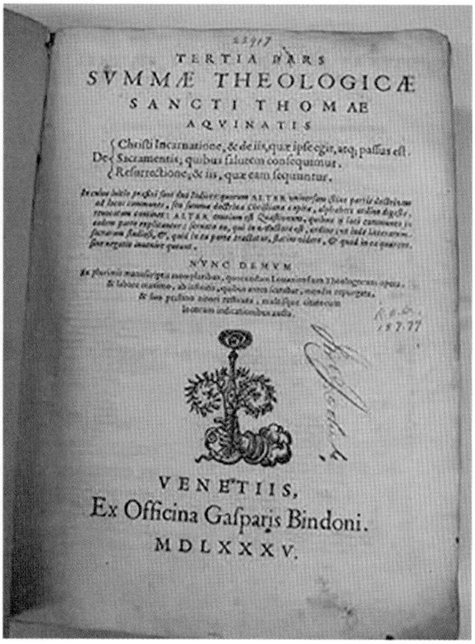

TERTIA PARS
SVMMÆ THEOLOGICÆ
SANCTI THOMAE
AQVINATIS

De { Christi Incarnatione, & de iis, quæ ipse egit, atq; passus est.
Sacramentis; quibus salutem consequimur.
Resurrectione, & iis, quæ eam sequuntur.

NVNC DEMVM

VENETIIS,
Ex Officina Gasparis Bindoni.
MDLXXXV.

◀ 토마스 아퀴나스 ▶ 토마스 아퀴나스의 신학대전 1585년판

토마스에 의하면 습성과 능력의 관계는 형상과 질료의 관계와 같습니다. 그런데 형상은 질료의 완성이기에 습성은 능력의 완성이 됩니다. 형상은 존재의 질서에서 질료에 부족한 것을 제공하지만 질료의 모든 잠재력을 남김없이 다 소진할 수는 없습니다. 마찬가지로 어떤 습성도 능력의 모든 가능성을 다 소진하지는 못합니다.[14]

심적 습성의 스콜라철학적 의미는 토마스 아퀴나스의 『신학대전』 제2부 제1편 제49문 제3절에 나오는바, '활동에 대한 관련성을 내포하는 원리'입니다. 그

14 참조: 『습성』 xliii쪽.

리고 파노프스키가 토마스 아퀴나스에게서 원용하는 심적 습성의 의미는 '인간의 행위에 규제적 영향을 발휘하여 특수한 행위 방식으로 표출되는 심리적 성향'이라는 것입니다.

파노프스키의 습성의 의미는 이처럼 '행위의 심리적 원리'이지만, 그의 습성 개념의 특징은 그가 습성을 사회적이고 집단적인 개념으로 이해한다는 것입니다. 그는 습성을 개인의 습성이기에 앞서 사회적으로 형성되어 초개인적으로 존재하는 어떤 요인으로 이해합니다. 그는 개인적 습성 안에 이미 집단적 요인이 불가역적으로 들어와 있다고 생각합니다. 그는 개인의 심적 습성을 일종의 사회적 산물로 간주해, 한 사회를 특징짓는 초개인적이고 공통적 습성의 존재를 탐색하는 데 관심을 둡니다.

그는 또한 습성의 역사적 변천을 주목합니다. 아리스토텔레스는 개인 차원에서 습성의 시간적 불가역성을 강조했지만, 역사적 시간 차원에서 보면 시대의 심적 습성은 느리더라도 결국 변화한다는 것입니다. 이렇게 파노프스키는 심적 습성을 철저히 시대적인 개념으로 이해합니다. 따라서 그는 심적 습성이 다양한 문화 영역에 작용해 평행현상을 만들어 내며 그 평행현상이 시대를 구분하는 기준이 될 수 있다고 보는 것입니다.[15]

---

15 참조: 에르빈 파노프스키, 『고딕건축과 스콜라철학』, 19~22쪽.

습성의 연결고리들

고딕 DNA의 퍼즐들 셋

아리스토텔레스와 토마스 아퀴나스의 습성 개념에 대한 파노프스키의 사회적이고 시대적인 차원에서의 해석은 한 현상에서 다른 현상으로 심적 습성이 확산하는 경우 두 문화 간의 인과관계가 해명될 수 있고, 이러한 경우에 두 문화의 문화적 평행현상을 설명할 수 있게 됩니다. 이런 심적 습성의 발생 요인과 확산 과정이 잘 나타나는 시공간은 앞에서 설명한 바와 같이 평행현상이 집중되고 있는 1130년부터 1270년까지 파리 주변 반경 100마일 일 드 프랑스 지역입니다.

먼저 파노프스키가 제시하는 인과관계의 일차적 증거는 역사적으로 철학자와 건축가가 다양한 방식으로 정신적 연결을 맺고 있었다는 사실입니다. 이 지역에서 스콜라철학은 교육에서 독점적 지위를 갖고 있었는데, 당시 교육기관은 대성당 부설학교, 대학, 새로운 탁발수도회의 신학원들입니다. 로마네스크 시대에는 베네딕토회 대수도원들이 중심이었다면 고딕 시대에는 대성당이 중심이었고, 후기 고딕 시기에는 지방의 교구 성당들이 중심이었습니다.

당시 건축가들은 전례적으로 그리고 도상학적으로 철학자들과 긴밀히 협력했고, 스콜라 철학자들의 학교에 다니면서 그들의 설교를 들었습니다. 당시 사회 체계가 사제와 평신도, 시인과 변호사, 학자와 예술가가 대등한 지위에서 함께 모일 수 있는 만남의 장을 제공했습니다. 이때 직업적인 도시 거주 출판인, 직업적인 도시 거주 화가, 조각가, 직업적인 도시 거주 학자, 직업적인 도시 거주 건축가가 나타났습니다. 이런 환경에서 고딕건축의 직업 건축가들이 등장했고 그들은 스콜라 철학자들과 같은 지식인 대우를 받았습니다.

하지만 인과관계를 밝혀 평행현상을 설명하려면 외적 사실을 넘어서는 정신적 영향을 준 내용을 해석해야 합니다. 이 해석은 인과관계의 매개인 심적 습성이 무엇인지를 밝혀내는 것입니다. 그 전에 알아야 할 것이 있는데 그것은 심적 습성이 표출되는 방식입니다. 스콜라철학의 심적 습성은 교의의 내용이 아니라 교의의 작용 방식에서 드러납니다. 철학이나 종교의 심적 습성은 교의 안에 기록되지 않는다는 것입니다.

누군가의 심적 습성을 파악하려면 그가 의식적으로 언급하는 관념(그 내용)이 아니라 그가 관념에 도달하기까지 거친 사고의 절차(회의 혹은 직관)와 관념을 나타내는 언술 방식(용어, 문체 등)에 주목해야 합니다. 습성은 관념'으로서' 관념 '안에' 기록되는 것이 아니라, 관념'으로써' 관념 '위에' 기록되는 것입니다. 관념의 내용을 분석하는 것이 아니라 관념의 움직임을 살펴보아야 합니다.

결국, 스콜라철학의 심적 습성은 교의의 내용(가르치는 바)이 아니라 교의를 생각해내고 가르치는 방식을 조사해야 합니다. 관념의 근원이 관념의 외부에 있다는 것이 그의 확신입니다. 이론이든 작품이든 정신적 산물의 본질을 이해하려면 그 산물 안에 들어와 있는 외부(산물의 근원)를 조사해야 합니다. 심적 습성과 평행 개념도 그 외부의 근원을 가리키기 위한 것입니다.[16]

16 참조: 에르빈 파노프스키, 『고딕건축과 스콜라철학』, 33~40, 86~90쪽.

명료성과 일치성의 습성

고딕 DNA의 퍼즐들 넷

스콜라철학의 존재 이유는 신앙과 이성이 영원한 평화조약을 체결하는 것입니다. 여기서 이성의 역할은 신앙을 증명하는 것이 아니라, 신앙을 명백하게 하는 것(manifestatio)입니다. 먼저 이성은 계시 외의 다른 원리들로부터 연역될 수 있는 것, 곧 신의 존재라던가 신의 유일성 등에 대해서 증명을 시도할 수 있습니다. 또한 계시의 내용, 곧 신앙 조항에 반대하는 논리에 맞서서 방어할 수 있고, 신앙 조항을 부정하는 명제가 참이 될 수 없다는 것을 밝힐 수 있습니다. 이성은 신앙 조항을 직접적으로 증명할 수는 없지만, 그 신비를 유비(analogia)에 의해 명백하게 해주는 비유들(similitudines)로 설명할 수 있습니다.

이를 신앙의 '명료화 원리'[17]라고 부를 수 있는데, 이러한 스콜라철학의 존재 방식은 스콜라철학의 작용 방식에도 영향을 미칩니다. 곧 이성에 의해서 신앙이 명백하게 되기 위해서는 이성 그 자체에도 명료화의 원리가 적용되어야 한다는 것입니다. 이는 사유 체계 자체가 명백해져야 한다는 것을 의미합니다. 실제로

17 참조: 에르빈 파노프스키, 『고딕건축과 스콜라철학』, 40-47, 91-119쪽.

스콜라철학의 문헌 양식을 보면 명료화의 습성이 나타납니다. 스콜라철학은 충분한 나열을 통한 총체성과 충분한 분절을 통한 상동적인 부분들 간의, 부분의 부분들 간의 체계적 배열, 그리고 충분한 상호 연관을 통한 판명성과 연역적 설득력을 드러냅니다. 이것이 대전(summa)에서 정점을 이루는데, 이는 사유 자체의 명료성을 넘어 사유의 논리를 타인도 알 수 있는 명료성을 가지고 있다는 것입니다.

이러한 스콜라철학의 명료화의 습성이 가장 잘 나타난 분야가 전성기 고딕 건축입니다. 스콜라철학의 이전에는 신앙과 이성이 분리되어 있었습니다. 또한 스콜라철학 이후에도 신비주의는 이성을 제거했고, 유명론은 신앙과의 관계를 단절했습니다. 스콜라철학만이 이성이 신앙을 명백하게 해주며 이성과 신앙의 조화를 이루었습니다. 이런 현상은 전성기 고딕건축에서도 나타납니다.

전성기 고딕은 신학과 도덕과 역사와 자연을 모두 구현하고 건축 구조의 요소들을 충분히 나열하여 전체성을 이루고, 네이브와 트란셉트의 회랑 개수라던가 네이브와 아일의 볼트의 형태 같은 상동적인 부분들 간의 체계적인 배열을 이루었습니다. 또한 고딕건축을 보면 외부에서 내부의 추론이 가능하고 네이브를 보면 아일의 형태를 추론할 수 있습니다. 이는 스콜라철학의 판명성과 연역적 설득력으로부터 확산된 심적 습성일 것입니다.

스콜라철학의 습성이 있는 사람은 명료함의 관점에서 문헌 서술을 바라보듯이, 같은 시각으로 건축적 표현을 바라볼 것입니다. 대전(summa)의 요소들이 타당성이라는 목적을 이루듯이, 대성당을 구성하는 요소들이 안정성이라는 목적에 이른 것을 당연시했을 것입니다. 부, 구별, 문, 절의 장치가 이성의 자기 분석이요 자기 해명이었던 것처럼, 기둥, 리브, 버트레스 등의 요소들은 건축의 자기 분석이요 자기 해명이었습니다.

스콜라철학이 신앙과 이성의 평화조약이라는 존재 방식을 따르는 두 번째 작용 방식은 '일치(concordantia)의 원리'[18]입니다. 일치란 성경과 교부의 가르침과 신학자의 주장 등을 이성이 무조건 받아들이는 것이 아니라, 그 안에 잠재된 갈등을 인식하고 해석과 재해석을 거쳐 이성적으로 충분히 동의할 수 있도록 하는 것입니다. 아벨라르두스는 『찬반논변집』(Sic et non)에서 상호불일치하는 신학 논제 158가지를 정리하여 권위들 사이의 차이와 모순을 노출시켰습니다. 그리고 이 탐구를 위해 변증론을 사용했는데, 이것은 스콜라적 교육 방식과 스콜라철학 문헌 자체의 논증 방식을 결정지었습니다.

모든 논제는 문제(quaestio)로 표현되어야 합니다. 그리고 토론은 첫째 권위를 늘어놓는 것(~라고 생각된다, videtur quod….), 둘째 그에 반하는 권위를 늘어놓는 것(그러나 반대로, sed contra….), 셋째 문제의 해결(나는 다음과 같이 말해야 한다고 답한다, respondeo dicendum….)로 나갑니다. 결국 대론과 반론, 대답, 대론의 해결이라는 논증 방식은 스콜라철학을 규제하는 일치의 원리에 대한 뚜렷한 증표입니다.

이러한 스콜라철학의 심적 습성이 고딕 건축가들에게까지 확산되었습니다. 다시 말해서 건축에 있어서 이전까지 사용해오던 두 요소가 모순되는 것처럼 보이면 그중 하나를 없애는 것이 아니라 지속적인 연구를 통하여 두 요소가 그 기능을 발휘할 수 있도록 만드는 것입니다. 파사드의 창을 예로 들면, 전통적인 아

18 참조: 에르빈 파노프스키, 『고딕건축과 스콜라철학』, 47-58, 120-141쪽.

치창은 긍정(대론)이고, 생드니 대성당에 나타난 아치창 위의 장미창은 부정(반론)입니다. 문제의 해결(대답)은 위그 리브르지에 건축가가 생니케즈 성당에서 장미창 안에 아치창을 통합함으로써 이루어냅니다.

고딕 성당의 수직화와 경량화라는 상호 모순의 두 목표를 성취하기 위해서 고딕 건축가들은 유기적인 구조 체계를 연구했고, 결국 포인티드 아치, 리브 그로인 볼트, 플라잉 버트레스 등의 구조 부재들을 고안해 문제를 해결했습니다. 이 해결 방식이 일치성의 원리라는 스콜라철학의 습성이 확산된 결과라고 볼 수 있습니다.

샤르트르 대성당

Cathédrale Notre-Dame de Chartres

고딕 성당의 전성기를 열다

초기 고딕 성당들은 로마네스크 후기부터 등장한 포인티드 아치와 리브 그로인 볼트, 그리고 파리 노트르담 대성당에 등장한 플라잉 버트레스 등의 전형적인 고딕 양식 요소들을 발전시키며 전성기를 준비했습니다.

그러한 노력의 결실로 고딕 구조는 완성 단계로 들어서게 되는데, 그 첫 번째가 샤르트르 대성당입니다. 파리 근교의 샤르트르 교구는 4세기에 설립된 오랜 역사를 가진 곳입니다. 기록에 따르면 지금 우리가 보는 대성당은 다섯 번을 재건하여 여섯 번째로 봉헌한 성당이라고 하니 긴 시간 동안 이곳에 어떤 시련들이 있었는지 짐작이 갑니다.

샤르트르 대성당의 초기 주교들에 대한 기록을 보면, 4세기 중엽의 성 아벤티노 주교와 5세기 후반 메로빙거 왕조를 연 클로비스 1세를 가르쳤던 투르의 성 마르티노 주교가 언급됩니다. 그리고 511년 오를레앙 교회 회의에 참석한 아벤티노 2세 주교, 550년 5차 오를레앙 교회 회의와 이후 2차 파리 교회 회의에 참석한 성 레오비노 주교의 행적도 전해집니다. 이런 초기 주교들의 기록에서 추론할 수 있는 사실은 적어도 이 시기에는 샤르트르 교구에 주교좌성당이 지어져 있었다는 것입니다.

건물로서의 성당에 대한 첫 번째 언급은, 이슬람을 격퇴한 카롤루스 마르텔

▲ 샤르트르 대성당 전경
▼ 샤르트르 대성당 - 장 바티스트 카미유 코로 1830년작

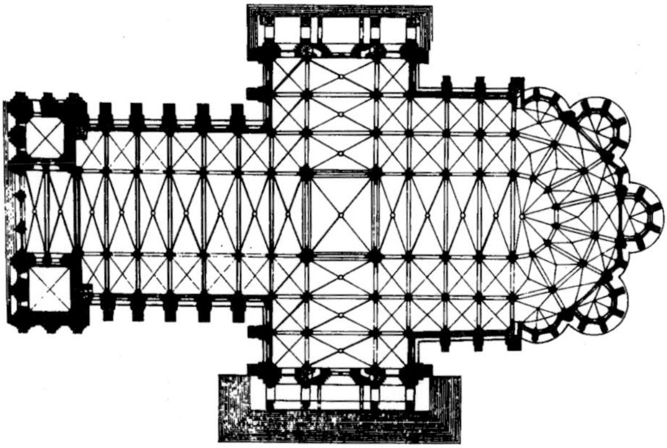

샤르트르 대성당 평면도

의 아들들과 분쟁이 있었던 아키텐의 공작이 743년 샤르트르를 공략하여 주교좌성당을 파괴했다는 기록입니다. 이어서 샤르트르 교구는 무너진 주교좌성당의 두 번째 성당을 봉헌하게 됩니다. 이후 카롤링거 왕조를 시작한 피핀이 왕실 교령에서 샤르트르에 있는 성모 마리아 성당의 선물들을 언급한 것으로 보아 카롤링거 시대부터 샤르트르의 주교좌성당은 성모 마리아에게 봉헌되었음을 알 수 있습니다.

하지만 샤르트르는 858년 덴마크의 바이킹에게 약탈당하고 두 번째 주교좌성당도 화재로 소실되었습니다. 카롤루스 대제의 손자인 '대머리왕' 카롤루스 2세는 876년 새로운 주교좌성당을 봉헌했는데, 이때 '산타 카미시아'(Sancta Camisia)도 함께 봉헌됩니다. 이 성 유물은 예수 그리스도의 탄생 때 마리아가 입

◀ 샤르트르 대성당 네이브월 ▶ 샤르트르 대성당 북측 트란셉트 장미창과 랜싯

었던 겉옷으로, 동로마(비잔틴)제국의 여황제 이레네가 카롤루스 대제에게 준 선물이라고 전해집니다. 이레네는 카롤루스 대제와 정략적인 혼담이 오갔지만 성화상 공경과 관련된 787년의 제2차 니케아 공의회 개최 문제로 혼인은 취소되었습니다.

천국에 있는 성인들이 지상에 남은 성 유물을 통해서 지상교회와 천상교회를 중재한다는 믿음은 당시에 매우 확고했습니다. 샤르트르 시민들은 산타 카미시아를 통해 성모 마리아의 보호를 받으며, 성 유물이 샤르트르에 경제적으로도 많은 도움을 주는 것에 성모 마리아에게 감사하게 생각했습니다. 그래서 911년 스칸디나비아의 바이킹이 도시를 포위했을 때 가우셀리노 주교는 이 성 유물을 도시 성곽 위에 올려놓고 노르만족을 물리쳐 주시기를 기도했습니다. 기도와 협상으로 결국 노르만족의 수장 롤로는 군대를 물리고 카롤루스 3세('비만왕' 샤를 3세)와 평화 협정을 맺었습니다. 그리고 뒷날 롤로는 그리스도교로 개종하면서 노르망디의 첫 번째 통치자가 됩니다.

그리고 세 번째 봉헌된 성당은 1020년에 다시 한번 큰 위기를 맞이합니다. 당시 샤르트르 교구는 성 풀베르토 주교가 교구장(1006~1028년 재위)이었습니다. 랭스의 주교좌성당 학교에서 뒷날 실베스테르 2세 교황이 된 게르베르토에게 수학한 그는 980년부터 샤르트르의 베네딕도회 학교에서 가르쳤고 990년부터는 샤르트르의 주교좌성당 학교에서 가르쳤습니다. 당시 샤르트르 주교좌성당 학교는 파리 대학이 설립되기 전까지 이백여 년 동안 중세 유럽의 가장 중요한 학문 연구 기관이었습니다.

풀베르토 주교는 새천년 시기를 맞이할 무렵 교회 안에 세상 종말에 대한 두려움이 만연하자 위로와 희망의 어머니이신 마리아에 대한 교리를 확산시켰습니다. 당시는 이미 성모 마리아 공경이 활발하게 이루어진 시대였고, 샤르트르 대성당은 산타 카미시아를 보유한 최고의 성모 순례지였습니다. 이런 배경에서 풀베르토는 구원의 중개자라는 성모 마리아의 역할을 강조하고, 다가오는 종말에 죄인들의 구원을 위해 성모 마리아가 하느님께 전구하여 주실 것이라고 설교했습니다.

또한 그는 서방교회에 마리아에 대한 전례를 발전시키고자 실베스테르 교황을 설득했습니다. 특히 성모 마리아의 탄생을 기념하는 축일 제정에 힘을 쏟았고, 마리아를 다윗 임금의 족보, 또 이사이의 그루터기 상징과 연결하면서 마리아가 그리스도를 낳은 어머니일 뿐만 아니라 그리스도를 믿는 모든 이의 어머니임을 강조했습니다. 그 밖에도 그는 많은 저서를 남겨 베르나르도 성인을 비롯

◀ 샤르트르 대성당-산타 카미시아 ▶ 샤르트르 대성당-성 풀베르토

하여 다음 세기의 학자들에게 영향을 주었습니다. 그는 의학과 천문학에도 조예가 깊은, 당대 가장 실력 있는 학자 가운데 한 사람이었습니다.

그런데 1020년 9월 7일 밤에 대형 화재가 발생하여 성당이 모두 불에 타버렸습니다. 이에 풀베르토 주교는 샤르트르 대성당을 재건하고자 프랑스 국왕을 비롯하여 국내 유력한 귀족들에게 도움을 청하였고, 외국 왕실에도 자금 원조를 청하는 편지를 보냈습니다. 그 결과 네 번째 성당이 완공되었는데, 길이가 100미터가 넘는 대성당이었습니다. 하지만 성전 건립에 혼신의 힘을 쏟은 풀베르토 주교는 완공을 보지 못했습니다.

이 네 번째 대성당은 1134년에 다시 화재로 소실되었고, 샤르트르 교구는 다섯 번째 성당을 로마네스크 양식으로 짓게 됩니다. 하지만 이것으로 끝이 아니었습니다. 다섯 번째 대성당도 1194년 다시 대화재로 지하 납골당과 두 종탑, 서쪽 파사드만 남고 전소했습니다. 그런 절망적인 상황에 빠진 후 사흘 만에, 불에 탄 줄 알았던 산타 카미시아가 잿더미 속에서 발견되었습니다. 그러자 귀족부터 평민에게 이르기까지 온 백성이 한마음이 되어 헌신과 열정으로 성당 건축을 시작할 수 있었습니다.

이렇게 재건을 시작하여 1260년 여섯 번째 샤르트르 대성당이 고딕 양식으로 새롭게 태어났습니다. 파리 노트르담 대성당의 대규모 확장 공사를 성공적으로 이끈 일 드 프랑스의 장인 가운데는 샤르트르 출신이 많았습니다. 자신감으로 가득 찬 그들은 파리 노트르담을 계승하면서도 구조와 규모에서 그것을 능가하는 거대하고 역동적인 모습의 샤르트르 대성당을 설계하고 완성했습니다.

봉헌된 샤르트르 대성당은 이전의 고딕 성당에서 볼 수 없었던 완성도 높은 유기적 구조 체계를 이루면서 고딕 성당의 전성기를 열었습니다. 먼저 천장의 리브 그로인 볼트 형태에서 한 차원 높아진 구조 체계를 보여줍니다. 로마네스크 양식은 천장 리브의 구조적 역할이 불명확한 상태에서 대체로 직사각형 4분 볼트의 형태를 취했고, 기둥의 형태가 모두 같은 싱글 베이였습니다. 그런데 기둥 사이 거리가 가까워서 천장의 대각선 리브는 촘촘히 배치되었고 리브를 받는 기둥도 거의 벽체처럼 두꺼운 형태를 띠었습니다.

이렇게 두꺼운 로마네스크 천장은 고딕 성당에 와서 경량화를 이루어 갑니다. 먼저 초기 고딕에 해당하는 랑 대성당은 로마네스크 천장의 리브 길이를 줄여 하중을 감소시키고자 천장 구조를 4분 볼트에서 6분 볼트로 바꾸었습니다. 따라서 기둥의 형태도 단일 기둥에서 주 기둥과 부기둥의 교대 기둥으로 바뀌고, 두 베이가 한 단위를 이루는 더블 베이로 구성됩니다.

랑 대성당 6분 볼트 더블베이

샤르트르 대성당 4분 볼트 싱글베이

그러면 4분 볼트의 대각선 리브 길이는 $4\sqrt{5}a$ 인데, 6분 볼트의 대각선 리브 길이는 $4\sqrt{2}a$ 가 되므로 대각선 리브의 총길이가 짧아집니다. 따라서 천장의 하중이 줄고 리브 개수의 감소로 대응 기둥의 단면적도 줄어들어 천장 구조를 경량화시키려는 일차적인 목적을 이루게 됩니다.

하지만 6분 볼트로 구획된 천장은 비대칭의 삼각형을 만들어 클리어스토리에 넓은 창을 내기가 힘들었고, 비대칭 삼각형을 구성하는 각각의 리브 길이도 서로 달라서 천장의 높이를 맞추기가 어려웠습니다. 이 문제를 해결하려면 다시 4분 볼트로 돌아가야 하는데, 로마네스크처럼 천장의 하중이 다시 증가하지 않는 방법을 찾아야 하는 새로운 과제가 생겼습니다.

샤르트르의 장인들은 '플라잉 버트레스'와 '포인티드 아치'를 이용해서 천장이 견뎌야 하는 하중을 분산시킴으로써 구조 부재의 하중을 줄이는 방법으로 이 문제를 풀어나갔습니다. 그 결과 리브와 기둥의 단면적이 줄어든 4분 볼트에 싱글 베이가 완성되었고, 샤르트르 대성당의 이 구조 방식은 초기 고딕과 전성기 고딕을 구분하는 중요한 요소가 되었습니다.

샤르트르 대성당의 한 단계 높은 구조 체계는 네이브월에도 나타납니다. 로마네스크 성당은 초기에는 아케이드와 클리어스토리로 구성된 2단 네이브월이었고, 전성기에 들어서면서 대형 공간을 축조하고자 아케이드와 클리어스토리 사이에 갤러리를 추가하여 3단 네이브월을 구성했습니다. 이후 수직성을 추구하는 고딕 시대에 들어와서 랑 대성당은 네이브월에 '내력구조'의 갤러리를 추가하여 4단 네이브월을 만들었습니다.

그러나 구조에 대한 혁신적인 전환 없이, 네이브월의 단수를 늘리거나 각 단의 층고를 높이는 것으로 성당의 수직성을 증가시키는 데는 한계가 있습니다. 그런데 플라잉 버트레스의 등장으로, 아케이드와 클리어스토리 사이의 갤러리는 사라지고, 추가되었던 내력구조의 낮은 갤러리도 비내력구조인 트리포리움으로 대체되었습니다. 그 결과 각 단의 높이는 물론 네이브월 전체가 높아졌습니다. 네이브월에서 이중벽이 사라지고 층고가 높아진다는 것은 실내에 들어오는 빛의 양이 증가한다는 의미입니다.

샤르트르 대성당에는 면적이 넓어진 클리어스토리를 트레이서리(tracery, 색유리를 끼우기 위한 장식 격자)로 구획하여 랜싯(lancet)과 오쿨루스(oculus)를 설치했습니다. 그리고 로마네스크 성당에서 벽화로 표현했던 성경의 이야기들을 갖가지 조각의 색유리로 이 창들에 담았습니다.

맑은 투명창을 색유리창(스테인드글라스)으로 바꿀 수 있었던 것은 빛의 양이 충분히 증가했기 때문입니다. 구조물에 빛이 가려지면 스테인드글라스의 아름

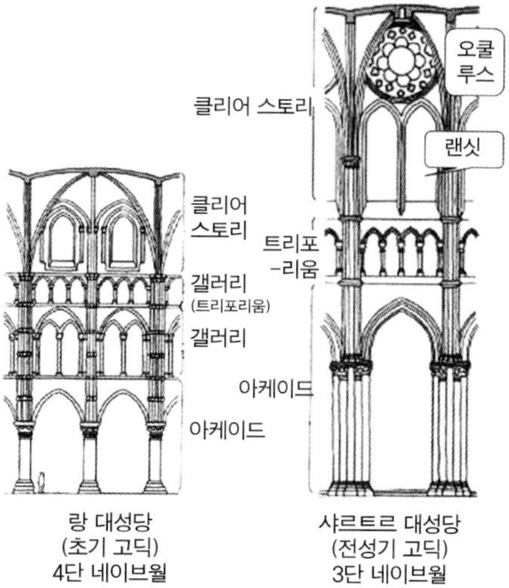

▲ 샤르트르 대성당 네이브 4분 볼트 ▼ 랑 대성당 네이브월 4단-샤르트르 대성당 네이브월 3단

샤르트르 대성당의 지하성당에 설치된 김인중 신부(도미니코회, 화가)의 스테인드글라스 작품(2006년)

다운 모습이 잘 보이지 않을 뿐만 아니라 그 자체로 실내를 어둡게 만듭니다. 따라서 스테인드글라스를 써서 형형색색의 하늘빛으로 성당을 수놓을 수 있었던 변화는 고딕 구조가 이루어 낸 수직화와 경량화 덕분이었습니다.

이렇게 샤르트르 대성당의 천장과 기둥, 그리고 벽체는 고딕 구조의 발명품인 포인티드 아치, 리브 그로인 볼트, 플라잉 버트레스에 의해서 더 가벼워지고 더 높아질 수 있었습니다. 하지만 샤르트르에서 상당한 발전을 이룬 고딕 성당의 유기적 구조 체계는 아직 남은 여정이 있습니다. 쉬제가 생드니 대성당에서 꿈꾸었던 빛이 가득 담긴 고딕 성당에 도착하려면 마지막 힘을 조금 더 내야 합니다.

부르주 대성당

Cathédrale Saint-Étienne de Bourges

고딕 속의 고전주의

샤르트르 대성당과 같은 시기에 지어진 성당이 있습니다. 부르주 대성당입니다. 1195년에 짓기 시작하여 동쪽은 1214년에 완공하고, 이어서 서쪽은 1225년~1255년에 완공했습니다. 샤르트르 대성당이 파리 노트르담 대성당의 고딕성의 영향을 받았다고 한다면, 부르주 대성당은 랑 대성당의 고전성의 영향을 받았다고 볼 수 있습니다. 그런 면에서 부르주 대성당은 샤르트르 대성당과 함께 전성기 고딕 성당의 장을 열었지만 샤르트르와는 다른 모습을 지녔다고 말할 수 있습니다.

하지만 부르주 대성당이 파리 노트르담 대성당의 영향을 받은 점도 있는데 대형화가 그중 하나입니다. 부르주 대성당의 규모는 전체 길이가 109미터에, 5랑식인 네이브와 아일의 폭은 42미터, 천장고는 37.2미터로 샤르트르 대성당의 규모에 뒤지지 않습니다. 또한 이스트엔드의 5랑식 방사형 소성당들의 기하학적 형태를 보면 부르주가 랑 대성당보다는 파리 노트르담 대성당의 영향을 받은 것처럼 보입니다.

그뿐 아니라 아케이드, 트리포리움, 클리어스토리의 3단 네이브월은 초기 고딕의 4단 구성을 넘어선 전성기 고딕의 특징을 말해주는 것이며, 파리 노트르담 대성당에서 보이지 않았던 트리포리움이 자리를 잡은 것은 플라잉 버트레스가

부르주 대성당 파사드

부르주 대성당 전경 남동측

자기 역할을 제대로 하고 있다는 것을 의미합니다. 결국 이 모습은 초기 고딕과 다른 전성기 고딕의 특징으로, 부르주 대성당이 샤르트르 대성당과 동시대의 고딕 성당임을 보여줍니다.

또한 샤르트르 대성당은 플라잉 버트레스의 아치와 네이브월이 만나는 최상부에서 발생하는 벤딩 모멘트를 상쇄시키지 못해서 버트레스가 두꺼워지고 플라잉 버트레스의 아치의 경사도 완만해서 플라잉 버트레스 전체가 두껍고 무겁게 축조되었습니다. 반면에 부르주 대성당은 플라잉 버트레스의 아치와 네이브월이 만나는 점을 보강하여 최상부 아치가 밑으로 내려오고, 플라잉 버트레스의 아치의 경사도 가파르게 만들어 버트레스의 높이는 낮아졌고 두께도 얇아지면서 경량화에 한층 다가갔습니다. 따라서 부르주 대성당은 샤르트르 대성당보다

◀ 부르주 대성당 6분 볼트 ▶ 부르주 대성당 네이브월 높은 아케이드

40퍼센트의 재료가 감소된 경량의 플라잉 버트레스를 갖게 되었습니다.

그럼에도 불구하고 부르주 대성당이 역동적 '고딕성'을 추구하는 파리 노트르담 대성당보다 온건적 '고전성'을 보여주는 랑 대성당의 영향을 더 받았다고 보는 것은 성당 내부의 구조 때문입니다. 먼저 눈에 띄는 것은 천장과 기둥의 체계가 6분 볼트에 더블 베이라는 점입니다. 이는 샤르트르 대성당이 4분 볼트에 싱글 베이를 구성하면서 정착된 전성기 고딕 성당의 구조에 역행하는 것으로, 랑 대성당의 6분 볼트의 영향을 받은 것입니다.

또한 부르주 대성당의 네이브월 전체 높이(37.2미터)는 샤르트르와 거의 같지만, 트리포리움과 클리어스토리의 높이는 랑 대성당과 비슷하고 아케이드(21미터)만 과도하게 높아졌습니다. 그 원인은 5랑식 평면 곧 이중 아일에 있습니

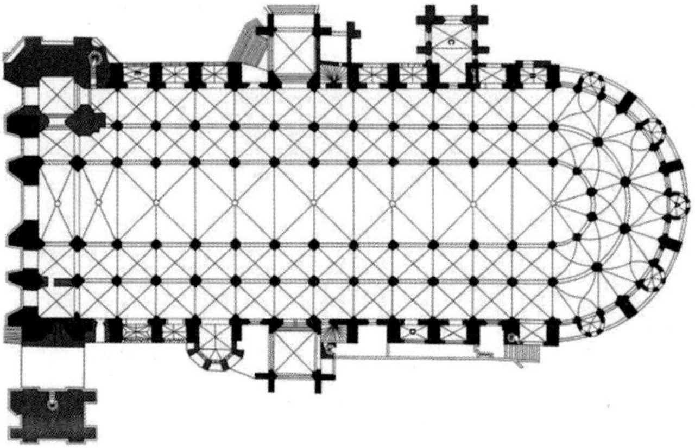

부르주 대성당 평면도

다. 외측 아일의 내벽이 3단으로 구성되면서, 그곳을 통해 들어오는 빛을 네이브까지 도달시키기 위해서 내측 아일의 아케이드가 높아진 것입니다. 그런데 아케이드의 기둥은 한 겹 너머 있는 플라잉 버트레스의 도움을 받지 못하여 두꺼워졌고, 실내 조도는 현저히 떨어지고 말았습니다.

아케이드의 층이 높아진 더블 베이의 두꺼운 기둥 체계는 수직화에 도움을 주지 못했는데, 이는 부르주 대성당이 여전히 고전적 수평 질서의 지배를 받는다는 것을 말해줍니다. 낮은 높이의 트리포리움(5.8미터)과 클리어스토리(10.4미터) 역시 성당이 수평으로 띠를 두르고 있는 것처럼 보이게 하여, 성당의 수직성을 약화시켰습니다. 이런 점은 랑의 고전성이 차분하고 안정적인 것에 반해, 부르주는 고전적이지만 과시적인 분위기를 띠게 만듭니다.

하지만 랑 대성당의 고전성을 이어받은 부르주 대성당은, 초기 고딕에서 랑 대성당이 그랬던 것처럼, 전성기 고딕의 거침없는 수직의 질주를 견제하며 고전과 고딕의 균형을 이루려고 노력했습니다. 서로의 다름을 밀쳐내지 않고 품어 안았기에 고딕의 다양한 아름다움을 실현할 수 있었던 것입니다.

랭스 대성당

Cathédrale Notre-Dame de Reims

고딕 성당의 절정

서양 건축의 흐름에서 '고전'이라는 것은 다양한 양식의 특징을 설명하는 기준이 됩니다. 초기 고딕의 랑 대성당과 전성기 고딕의 부르주 대성당은 수직성을 지향하는 동시에 고전적 비례를 위한 수평성도 함께 고려함으로써 고전적 고딕 성당의 형태를 보여주었습니다. 반면에 초기 고딕의 생드니 대성당과 파리 노트르담 대성당, 전성기 고딕의 샤르트르 대성당은 이런 고전성에서 벗어나 고딕적 성당의 형태를 더욱 발전시켜 나갔습니다. 이러한 두 흐름에서 고딕의 전성기를 이끈 주류는 일 드 프랑스를 중심으로 고딕성을 강조한 분파였고, 랭스 대성당에서 절정을 이루게 됩니다.

5세기 초에 세워진 랭스 대성당은, 마리아를 '테오토코스' 곧 '하느님의 어머니'라고 칭하면서 그리스도의 신성을 강조한 에페소 공의회(431년)의 영향을 받아 성모 마리아께 봉헌되었습니다. 이후 프랑크 왕국 메로빙거 왕조의 클로비스(481-511 재위)가 496년에 이곳에서 아리우스파에서 개종하여 로마 가톨릭교회의 세례를 받았는데, 그의 세례는 유럽의 나라들이 로마 가톨릭교회의 제도를 국가 체계의 기틀로 삼는 계기가 되었습니다. 이후 랭스 대성당은 프랑스 왕들이 대관식을 거행하는 장소로 오랫동안 명성을 이어왔습니다.

랭스 대성당 파사드

랭스 대성당 네이브월 클리어스토리의 랜싯과 오쿨루스

랭스 대성당은 샤르트르 대성당이 보여준 직사각형 4분 볼트에 싱글 베이, 3단 구성의 네이브월 그리고 플라잉 버트레스를 체계적으로 발전시켰습니다. 샤르트르와 비교하면, 4분 볼트와 싱글 베이의 구조는 기둥 간격을 6.7미터에서 8.2미터로 넓혔고, 네이브월의 아케이드는 16.1미터에서 18미터로, 트리포리움은 4.5미터에서 5.3미터로 높아졌으며, 클리어스토리는 16.9미터에서 16미터로 조금 줄었습니다. 3단의 각 부분이 샤르트르와 비슷한 비율을 유지하면서 성당의 높이는 높아졌는데, 이는 실내의 조도를 높이는 결과를 가져왔습니다.

랭스 대성당 네이브월의 대응 기둥

전체 규모를 샤르트르 대성당과 비교해보면, 층고는 37.5미터에서 42미터로 상당히 높아진 반면, 길이는 125미터에서 135미터로 크게 늘어나지는 않았습니다. 평면의 형식 역시 3랑식 네이브와 5랑식 슈베로 샤르트르와 비슷합니다. 이런 결과는 랭스 대성당이 성당의 수평적 확장보다는 수직적 확장에 집중하여 더 많은 빛이 성당에 들어오도록 계획한 것이라는 사실을 알 수 있습니다.

기둥 역시 샤르트르 대성당에 남아 있던 더블 베이의 흔적이 사라지고, 코어 기둥과 대응 기둥이 모두 원형으로 정리되어 주기둥과 부기둥이 없는 싱글 베

◀ 랭스 대성당 출입구 상부 장미창 ▶ 랭스 대성당 트란셉트의 장미창

이의 기둥의 형태를 보여줍니다. 다만 코어 기둥에 5개의 대응 기둥이 붙어있는데, 이중 중앙의 대응 기둥만 네이브 바닥까지 내려오고 나머지 4개는 주두까지만 내려옵니다. 이는 기둥의 구조 체계가 아직 완성되지 못하였다는 것을 말하는데, 그럼에도 대응 기둥이 일괄적으로 원형으로 통일되어 천장까지 뻗어 있는 모습은 성당의 수직성을 증가시켜줍니다.

성당의 수직화는 구조적 경량화와 무관하지 않습니다. 샤르트르 대성당은 플라잉 버트레스의 벤딩 모멘트를 해결하지 못해 육중한 플라잉 버트레스를 가졌는데, 랭스는 부르주 대성당의 보강 방식을 받아들여 플라잉 버트레스를 가벼우면서도 강하게 만들었고, 버트레스의 단면도 줄였습니다. 플라잉 버트레스의

랭스 대성당 네이브 4분 볼트

기능이 강해졌다는 것을 입증해 주는 또 하나의 증거는 트리포리움의 높이가 증가했다는 것입니다.

그뿐만 아니라 성당의 벽체도 얇아졌고 창문의 크기도 넓어지면서 경량화를 배가시켰습니다. 네이브월의 아키볼트가 단수를 늘이면서 두께를 줄였고, 벽체에 여러 겹의 곡선이 들어감으로써 벽체의 물질성이 감소했습니다. 트리포리움의 높이 증가 역시 개구부를 확장시켰으며, 아치를 구획하는 기둥들도 가늘어졌

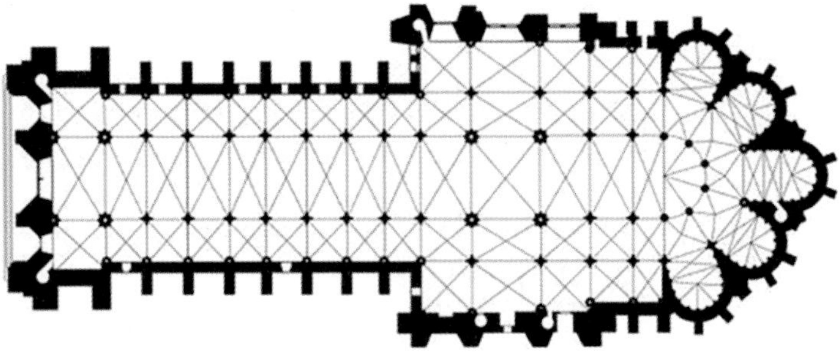

랭스 대성당 평면도

습니다. 특히 클리어스토리의 랜싯과 오쿨루스의 면적이 커졌고, 그렇게 넓어진 창문에 '바 트레이서리'(bar tracery)가 랭스 대성당에서 최초로 사용되었습니다.

이렇게 고딕 성당은 생드니 대성당과 파리 노트르담 대성당 그리고 샤르트르 대성당을 거치면서 고딕주의의 절정인 랭스 대성당에 도달했습니다. 하지만 그 길에는 누와용 대성당, 랑 대성당 그리고 부르주 대성당의 고전주의가 함께 있었다는 것을 잊지 말아야 합니다. 그런 '함께 걸음' 덕분에 웅장하고 찬란한 고딕 성당이 지금도 우리 앞에 서 있지 않습니까?

아미앵 대성당
Cathédrale Notre-Dame d'Amiens
가장 높은 고딕 성당

아미앵 대성당은 랭스 대성당의 영향을 받아 1220년 고딕 성당의 완성을 목표로 첫 삽을 떴습니다. 200년 전 클뤼니의 후고 원장이 제3 클뤼니 수도원 성당을 통해서 로마네스크 양식을 종합하고 완성한 것을 기억할 것입니다. 아미앵 대성당도 새로운 기술보다는 그동안 단계적으로 발전된 고딕 성당의 축적된 역량을 종합하는 것에 집중하여, 당시로는 최고 높이의 고딕 성당을 완성하였습니다.

하지만 아미앵 대성당이 랭스 대성당만큼의 명성을 얻지는 못했는데, 그 이유는 이전의 성당과 차별화가 되는 고딕의 본성과도 같은 기술 혁신이 없었기 때문이었습니다. 그렇지만 한 세기 후 더 높게 지어진 쾰른 대성당이 독일식이 아닌 아미앵 대성당의 고딕 양식을 본보기로 삼은 것을 보면, 아미앵 대성당에 대한 평가가 지금보다 더 후해야 할 것입니다.

먼저 아미앵 대성당은 랭스 대성당과 마찬가지로 3랑식 네이브에 5랑식 슈베를 가졌습니다. 샤르트르 대성당에서부터 내려오는 수직성을 추구하는 고딕 성당의 특징을 이어받은 것입니다. 성당의 평면은 랭스 대성당이 전체 길이가 135미터이고 슈베의 폭이 51미터인 것과 비교해서, 아미앵 대성당은 길이 137

아미앵 대성당 네이브 제단 방향

아미앵 대성당 네이브월

미터에 슈베 폭 46미터로 랭스와 크게 차이가 없다는 것을 알 수 있습니다. 이는 수평 확장보다는 수직 확장에 관심이 있었다는 것이며, 실제로 아미앵 대성당은 천장고를 랭스보다 1미터 더 높여 43미터의 가장 높은 고딕 성당이 되었습니다.

이렇게 아미앵 대성당은 랭스 대성당과 비교해 볼 때, 기술 혁신 없이 수직적 성과에만 집중한 것이 사실입니다. 하지만 아미앵은 그동안 풀지 못했던 대응 기둥과 리브의 구조적 일치 문제를 해결했습니다. 랭스는 천장 리브와

아미앵 대성당 소성당 랜싯과 오쿨루스

만나는 대응 기둥이 바닥에서 올라오는 것 1개와 주두에서 올라오는 것 4개의 두 종류였습니다. 그러나 아미앵은 또 다른 형태인 트리포리움에서부터 올라오는 것을 추가했습니다. 이것은 클리어스토리를 두르는 리브와 만나는 대응 기둥입니다.

랭스에서는 이 대응 기둥 2개가 천장 리브에서 내려오는 대응 기둥 3개와 만나서 5개의 대응 기둥이 주두까지 내려오고 그 아래로는 중심 대응 기둥 하나만

아미앵 대성당 슈베 스테인드글라스

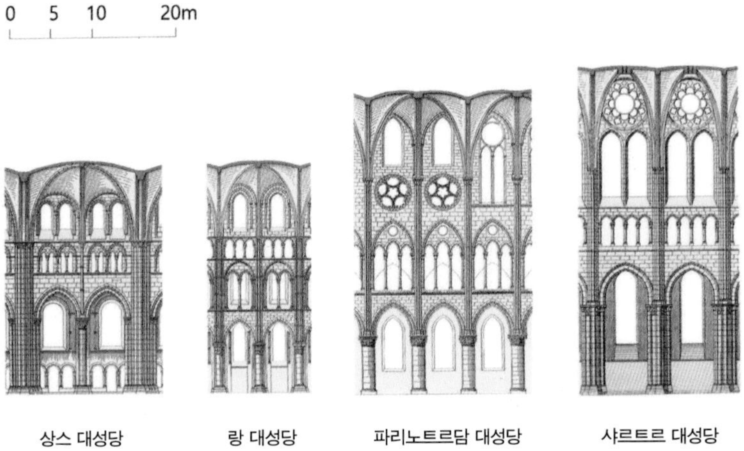

고딕 성당의 높이 비교

네이브 바닥에까지 이어집니다. 그런데 아미앵에서는 클리어스토리를 두르는 리브와 만나는 대응 기둥 2개는 트리포리움까지만 내려오게 만들고, 천장에서 내려오는 리브 3개가 주두까지 내려옵니다. 그리고 그 중심 대응 기둥은 네이브의 바닥까지 내려갑니다. 이렇게 천장의 리브 3개와 만나는 대응 기둥이 3개로 내려오는 것을 보여줌으로써, 리브와 대응 기둥이 일치하는 모습을 보여준 것입니다.

아미앵 대성당이 수직성을 극대화시킨 또 다른 예는 네이브월에서 볼 수 있습니다. 샤르트르 대성당의 네이브 폭과 천장 높이의 비율이 1대 2.6인 것에 비해 아미앵 대성당은 1대 3에 이릅니다. 이는 네이브월의 구성에서도 나타나는데, 랭스와 비교하면 아케이드는 18미터에서 20.2미터로 높아졌고, 트리포리움

부르주 대성당

랭스 대성당

아미앵 대성당

쾰른 대성당

도 5.3미터에서 6.8미터로 높아졌습니다. 다만 클리어스토리는 16미터에서 14.7미터로 낮아졌습니다.

트리포리움이 높아진 것은 플라잉 버트레스의 발전에서 온 것이며, 아케이드가 높아지고 클리어스토리가 낮아진 것은 지상에서 성당을 올려다볼 때 수직성을 더욱 높게 느끼게 하기 위한 것이라고 생각합니다. 하지만 이러한 수직성 때문에 클리어스토리의 조도를 낮추는 결과를 초래한 것도 사실입니다. 조도와 수직성이 서로 상관관계에 있었는데 이제부터는 오로지 수직성만이 강조되기 시작한 것입니다. 따라서 성당의 바닥은 밝아지고 천장은 어두워졌습니다.

수직성의 강조는 클리어스토리의 랜싯과 오쿨루스에서도 보입니다. 랜싯은 네 개가 되었는데 이는 랜싯을 가늘게 보이게 하여 낮아진 클리어스토리의 수직

비례를 증가시키려는 의도가 있는 것 같습니다. 또한 랜싯의 수가 늘고 트리포리움의 분할도 6개의 작은 아치로 구성된 것은 아미앵 대성당이 장식에 관심을 두고 있다는 것을 의미합니다. 전체의 높이는 증가했지만, 클리어스토리의 높이가 낮아지고 이 부분에 장식의 효과를 많이 추가하였다는 것은 아미앵 대성당이 후기 고딕의 예고편을 보여주고 있다는 것으로 해석할 수 있습니다. 결국 기술적 발전 없이 전성기 고딕을 종합 완성한다는 것은 고딕 성당이 다음 단계로 넘어가고 있음을 암시하는 것입니다.

이러한 아미앵 대성당의 모습은 '하늘의 빛'을 성당에 가득 채우려고 했던 고딕에 대한 쉬제의 소망에서 멀어지고, 그 대신 '세상(땅)의 빛'으로 성당을 밝히려는 때가 다가옴을 알리는 표지이기도 합니다. 실로 이 시기에 교회는 여러 면에서 성장했지만, '그리스도의 성사'인 교회가 그리스도가 아닌 자신을 세상에 드러내려고 했던 것은 아니었는지 성찰하게 됩니다.

오세르 대성당

Cathédrale Saint-Étienne d'Auxerre

작은 고딕 성당

고딕 성당의 경향을 공간의 구성 차원에서 바라보면, 수평과 수직의 비례 관계와 구조 문제의 해결 방식과 관련하여 두 가지로 구분할 수 있습니다. 첫 번째는 생드니 대성당, 파리 노트르담 대성당, 샤르트르 대성당, 랭스 대성당, 아미앵 대성당처럼 고딕 본래의 수직화와 경량화를 추구하는 '고딕주의 경향'으로 이들 성당이 고딕 양식의 주류를 이룹니다. 두 번째는 누와용 대성당, 랑 대성당, 부르주 대성당처럼 수직화와 함께 고전적 수평성과의 조화를 모색하고자 하는 '고전주의 경향'으로 이들 성당은 고딕 양식의 비주류에 속합니다.

하지만 두 가지 흐름은 대형화라는 공통의 요소를 가지고 있습니다. 이들 모두 주교좌성당이기 때문에 대형화를 추구하였다고 볼 수도 있지만, 주교좌성당이라고 해서 모두 대형화를 이룬 것은 아닙니다. 교구의 규모에 따라서 혹은 지역적 특성에 따라서 대형화된 주교좌성당(일 드 프랑스 지역)이 아닌 소형화된 주교좌성당도 건립되었습니다.

건축사학자들은 이런 소규모의 성당을 반(反) 샤르트르의 흐름으로 설명하는데, 대형화에 대한 반대보다는 소형화를 필요로 하는 흐름을 따르는 것으로 보아야 합니다. 특히 부르고뉴 지역의 고딕 성당들은 여전히 이중벽을 많이 사

오세르 대성당 동측 외관

용하면서 소형화라는 반 샤르트르의 경향을 띠었습니다. 한 마디로 소형화 경향은 공간의 규모를 축소하고 평면 구성도 단순화하는 것입니다. 따라서 처음에 말한 고딕주의와 고전주의의 경향을 생각하여, 반 샤르트르화를 부르주 대성당의 고전적 수평성과 관련된 것으로 생각하면 안 됩니다.

소형화된 고딕 성당은 5랑식이 아닌 3랑식 네이브는 물론이고, 5랑식 슈베에 나타났던 방사형 소성당과 이중 복도 등이 모두 사라졌습니다. 이렇게 규모

오세르 대성당 파사드

는 작아졌지만 네이브, 아일, 트란셉트, 성가대석, 소성당, 3단 네이브월 등의 고딕 성당의 요소들은 모두 나타납니다.

소형화 성당의 특징인 이중벽은 로마네스크 시대의 건축 기법이었습니다. 이 기법이 로마네스크가 발달한 부르고뉴 지방에서 고딕 성당에 적용된 것입니다. 이중벽이 사용된 곳은 건물 내부에서는 트리포리움의 벽체 부분과 천장의 볼트가 시작되는 지점에서 쓰였고, 외부에서는 트리포리움, 클리어스토리, 플라잉 버트레스를 받치는 기둥 등에서 볼 수 있습니다. 이 벽들은 건물 구석구석까지 이동할 수 있는 공간을 만들어주고, 이중이기 때문에 구조적으로도 안정성을 확보해 주었습니다.

소형화 고딕 성당의 대표적인 곳으로 부르고뉴 지역의 오세르 대성당을 들 수 있습니다. 오세르 대성당은 4분 볼트, 높은 클리어스토리, 랜싯과 오쿨루스 등 표준적인 고딕 성당의 모습을 갖추고 있습니다. 하지만 지역적인 특징인 소형화를 이루면서, 슈베의 아일 외벽에는 벽체의 형태가 그대로 남았으며, 클리어스토리와 트리포리움에는 통로로 사용되는 벽체도 만들어졌습니다. 이러한 것들은 통로로 사용되는 이점이 있음에도 불구하고 수직화와 경량화된 구조에는 부담을 주기 때문에 표준 양식의 고딕 성당에서는 사용되지 않던 구조물들입니다.

하지만 주류의 고딕 성당들이 발전시킨 유기적 구조의 형태가 지방의 고딕 성당에서도 볼 수 있는데, 그것은 본연의 구조적 역할을 한다기보다 형태적 소품화를 통해서 당대의 양식을 접목한 결과라고 할 수 있습니다. 이는 주류의 고딕주의 입장에서 보면 고딕 성당의 첨단 구조를 완전히 이해하지 못한 미완의 구조물이겠지만, 다른 시각에서는 첨단 기술을 필요로 하지 않는 소형화된 성당

오세르 대성당 남측 트란셉트 장미창

오세르 대성당 네이브 출입구 방향

에 맞게 적응한 것이라고 볼 수 있습니다.

이렇듯 동시대에도 지역적 차이로 어느 양식을 받아들일 때 어려움이 발생하는데, 거의 천 년이 흐른 지금 지역적 차이는 고사하고 시간적으로도 멀고 먼 중세의 건축 양식으로 성당을 짓는다면 어려움은 상상 이상일 것입니다. 두어 해 전 신설 본당의 성전을 설계하면서 그런 어려움을 경험했습니다.

대지의 크기와 모양이 고딕 양식보다는 로마네스크 양식이 적합할 것 같은 생각이 들었습니다. 그래서 성당이라는 신앙공동체에 필요한 공간들을 구성하면서 성당이 정육면체의 물질감을 드러내기를 원했고, 이를 위해서 특히 성당의 외부 형태에 로마네스크의 요소들을 배치했습니다. 그리고 성당 내부는 부분적이고 상징적으로 로마네스크의 어휘들을 새겨넣었습니다. 그러니 한편으로는

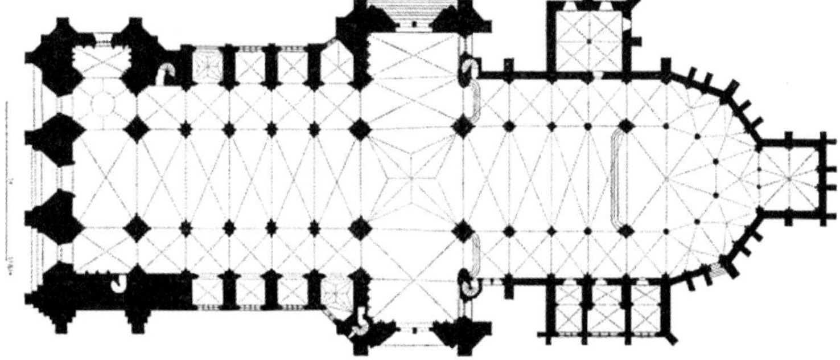

오세르 대성당 평면도

이 성당에 대해서 중세와 현대의 양식 혼재하고 불일치한다는 비평이 있을 수 있겠지만, 다른 한편으로는 전통적인 성당의 특징을 담아내기 위해서 중세의 로마네스크 양식을 현대적 감각으로 재해석한 것이라는 평가를 받는 것이 설계자의 바람일 것입니다.

후기 고딕

15세기 이후 전통적인 고딕 양식은 더 이상
발전하지 못하고 퇴보의 길을 걸었던 반면,
장식성이 강조된 플랑부아양 양식이 일정한
흐름을 나타내면서 고딕건축을 주도하다

생드니 대성당(2차 증축)

Basilique Cathédrale de Saint-Denis

레요낭 양식, 후기 고딕의 시작

아미앵 대성당을 소개하면서, 랭스 대성당으로 고딕 구조가 정점에 다다른 전성기 고딕 성당은 아미앵 대성당에서 새로운 기술 대신 지금까지의 기술을 종합하고 거기에 1미터의 천장고를 높이는 것에 만족했다고 했습니다. 이는 고딕 성당이 생명력을 다하고 새로운 구조를 모색하는 일종의 새 흐름의 예고와도 같은 것이었습니다.

실로 아미앵 대성당은 13세기 중반에 성가대석을 개축하면서 고딕 성당에 적용되었던 네이브월의 규칙을 깨트리기 시작하였습니다. 트리포리움은 통로가 없어지고 단일 벽체에 창이 생겼으며, 그에 따라 클리어스토리와의 구분도 불명확해졌고, 관련된 구조재들이 이해 없이 들어서게 됩니다. 고딕 성당의 핵심인 유기적 구조성이 흔들리기 시작한 것입니다.

트리포리움을 통해 들어오는 빛의 양이 많아지자 성당은 더 밝아졌지만, 다양한 구조재들과 어우러지는 공간적으로 심도 있는 고딕 성당의 빛은 찾아보기 힘들어졌습니다. 고딕 성당이 원했던 빛은 어느 부분은 대낮처럼 환하고 다른 부분은 어둡고 깜깜한 성당이 아니었습니다. 빛도 고딕 구조의 한 구성 요소로서 균등하고 은은한 빛이 성당의 공간과 함께 어우러지는 것이 목적이었습니다.

생드니 대성당(2차 증축) 북측 트란셉트의 장미창

그런데 아미앵 대성당의 보수 공사 이후로는 빛의 밝음, 그 자체만을 구현하는 것이 목적이 되어가고 있었습니다.

고딕의 완성이 영원한 빛의 생명력을 계속 이어가지 못하고 고딕을 해체하는 방향으로 급하게 서두르는 모습입니다. 결국 창의 면적을 확대하기 위해서 트리포리움과 클리어스토리를 합쳐서 2단 구성의 네이브월을 생각하게 되었고, 복잡한 구조를 피하고 단순한 구조를 선호하면서 성당은 낮아지게 되었습니다. 대신 창의 넓은 면적을 유지하기 위해서 랜싯과 오쿨루스가 발달되었고, 트레이서리를 통한 분할에도 관심이 많아졌습니다.

따라서 원형창이 대형화되었고, 원형창의 분할은 일정한 형식을 갖게 되었

생드니 대성당(2차 증축) 슈베의 스테인드글라스

습니다. 장미창과 같은 정형화된 창들은 전성기 고딕 성당이 보여주는 성당의 분위기와는 전혀 다른, 마치 태양이 발산하는 것 같은 분위기를 연출했습니다. 이러한 새로운 양식 중에서 주를 이룬 문양이 방사상(放射狀)이어서, 이 문양을 따라 '레요낭'(rayonnant) 양식이라고 부르게 되었습니다. 레요낭 양식에서 중요한 것은 단연 스테인드글라스입니다.

수도원장 쉬제가 12세기 초 생드니 대성당의 웨스트워크 전실 부분과 이스트엔드 성가대석을 증축하면서 고딕 양식을 시작했습니다. 이 생드니 대성당이 백 년이 지나 네이브를 중심으로 2차 증축을 하면서 또 한 번 새로운 양식인 레

생드니 대성당(2차 증축) 클리어스토리와 트리포리움의 오쿨루스와 랜싯

요낭을 선보입니다. 생드니의 네이브월은 대응 기둥이 바닥에서부터 천장까지 끊기지 않고 올라가는 전성기 고딕의 구조 체계를 갖고 있습니다. 하지만 클리어스토리와 트리포리움은 레요낭 양식을 보여줍니다.

클리어스토리는 창의 면적이 확장되어 그 분할이 4개의 랜싯 위에 3개의 오쿨루스가 있는 형태를 취했고, 그 분할에 트레이서리를 통한 장식의 강조가 나타났습니다. 트리포리움 역시 천장을 평평하게 만들어 외벽의 창 면적을 확대했으며, 트리포리움의 아치를 클리어스토리의 랜싯과 같이 4개로 구성하여 클리어스토리가 이어져 내려오는 듯한 느낌을 받도록 만들었습니다. 여기에 대응 기둥의 도움을 받아 트리포리움과 클리어스토리는 연속성을 갖게 되었습니다. 이렇게 형성된 두 공간의 일체감은 네이브월이 3단이 아니라 2단으로 보이게 만들었고, 이것이 레요낭 양식의 특징이 되었습니다.

또한 아케이드의 높이가 줄고 트리포리움과 클리어스토리의 층이 확대되었습니다. 그러면서 실제로 두 층이 하나의 단으로 합쳐지기 시작했고, 이렇게 네이브월의 2단 구성은 전성기 고딕의 신비주의적 빛의 구현보다는 직접적이고 강한 빛이 성당에 들어오도록 만들었습니다. 그래서 건축사학자들에 따라서는 이러한 특징의 레요낭 양식을 독립된 양식으로 보기도 합니다. 하지만 레요낭의 장식성을 독창적으로 보기보다는 전성기 고딕의 재가공이라고 평가하는 것이 더 일반적입니다. 그런 차원에서 레요낭 양식을 후기 고딕의 시작이라고 말합니다.

생트샤펠

Sainte-Chapelle

레요낭에 담긴 루이 9세의 신심

파리 센강의 시테섬 서쪽에 위치한 생트샤펠은 1248년, 성왕 루이 9세(1214-1270)가 봉헌한 왕실 성당입니다. 중세의 가장 신심 깊은 왕으로 평가받는 루이 9세는 사라센인들에게 노예로 잡힌 그리스도인들의 석방을 위해 애썼는데, 동로마 제국의 황제는 이에 대한 보답으로 그에게 그리스도의 가시관을 선물했습니다. 가시관이 도착하는 날 그는 수천 명의 신자들과 함께 맨발로 먼 길을 걸어 나와 가시관을 직접 받고 긴 행렬을 했다고 합니다. 루이는 이 가시관과 자신이 수집한 십자가의 일부 조각 등 성 유물을 보관하기 위해서 왕궁 안에 생트샤펠을 건축했습니다. 이후 프랑스 대혁명 때 생트샤펠이 훼손되면서 가시관을 비롯한 성 유물들은 파리 노트르담 대성당으로 옮겨졌습니다.

생트샤펠은 랭스 대성당의 대주교 소성당에서 영감을 얻어 한 공간이 아닌 위와 아래로 분리된 복층 구조로 구성되었으며, 아헨 왕궁 성당의 영향을 받아 왕의 자리는 위층으로 귀족들의 자리는 아래층으로 분리 배치했습니다. 이는 고딕의 전통적인 양식을 탈피한 자유로운 공간 구성이라 할 수 있습니다.

먼저 위층 성당은 1랑식 4베이로 구성되어 있고, 천장은 4분 볼트에 싱글 베이의 구조 체계를 지니고 있습니다. 1랑식이므로 네이브월과 외벽의 구분이 없

생트샤펠 외관

생트샤펠 4분 볼트

는 단일 벽체로, 2단 구성을 하고 있습니다. 하단은 아케이드에 해당하는데 낮은 벽체로 마감되어 있고, 상단은 트리포리움과 클리어스토리가 합쳐져 하나의 창을 이루고 있습니다.

벽체의 2단 구성은 생드니 대성당의 증축 부분에서 알아본 바와 같이 레요낭 양식의 전형적인 특징으로, 넓은 창으로 구성된 상단에는 한 베이 당 세 개의 오쿨루스와 네 개의 랜싯이 있으며, 폭 4.5미터에 높이 15.2미터의 긴 랜싯이 넓은 창을 분할해 스테인드글라스로 가득 채우고 있습니다.

또한 싱글 베이의 기둥 체계는 가늘고 긴 선형의 대응 기둥을 바닥부터 천장까지 올려서, 기다란 랜싯들과 함께 성당의 수직성을 더해줍니다. 이런 형태는

생트샤펠 네이브 제단 방향

일반적으로 고딕 성당이 보여주는 높이 위주의 구조적 수직성 대신, 낮은 천장이지만 장식으로 수직성을 표현하는 형태입니다. 그리고 아케이드 위의 열두 사도 상과 스테인드글라스에 그려진 천 편 이상의 성경 이야기는 생트샤펠 특유의 공간감과 어울려 그리스도교적 가치를 잘 드러냅니다. 네이브와 아일의 수평 구분도 없고, 네이브월의 수직 구분도 없이 오로지 성 유물과 조각상, 그리고 하느님 말씀으로 가득 찬 스테인드글라스만으로 구성된 생트샤펠은 루이의 신심을

생트샤펠 네이브 스테인드글라스

생트샤펠 가시관을 받는 성왕 루이

그대로 드러내고 있습니다.

또한 아래층 성당은 일반 고딕 성당에서 볼 수 있는 낮은 천장의 지하 납골당 같은 느낌을 받습니다. 위층과 다르게 3랑식을 하고 있고 천장은 역시 싱글베이에 4분 볼트로 되어 있습니다. 3랑식이라서 아일이 있지만 어떤 면에서 이중 벽체를 갖는 통로처럼 보이는데, 이는 아마도 위층 성당을 지탱할 구조적 목적 때문에 형성된 것으로 보입니다. 특히 아일에 천장의 볼트를 받치는 플라잉 버트레스 같은 것이 있는 점은 생트샤펠만의 독특한 구조적 특징이라고 말할 수 있습니다.

파리 외곽 생드니 대성당에서 시작된 레요낭 양식은 이렇게 파리 중심의 생트샤펠에서 활짝 피어나면서 이후의 성당들에 많은 영향을 미쳤습니다. 특히 파

생트샤펠 아래층 성당

리 노트르담 대성당은 증축 과정에서 레요낭 양식의 영향으로 남쪽과 북쪽의 트란셉트에 오색 찬란한 아름다운 장미창을 설치했습니다. 이 유명한 장미창은 랑 대성당에서 샤르트르 대성당을 거쳐 랭스 대성당으로 이어져 내려오는 장미창들의 완성이라고 해도 지나치지 않을 것입니다.

트루아의 성 우르바노 바실리카

Basilique Saint-Urbain de Troyes

빛으로 감싸주는 레요낭 성당

1195년 프랑스 트루아의 가난한 구두장이 아들로 태어난 자크 판탈레온은 파리 소르본느 대학에 진학하여 신학을 공부하고 사제 서품을 받습니다. 이후 1255년 예루살렘의 총대주교로 임명되었고, 1261년에 교황(우르바노 4세, 1261~1264 재위)으로 선출되었습니다. 평소 성체 신심이 깊었던 우르바노 4세 교황은 '그리스도의 성체 성혈 대축일'을 제정하면서 대축일의 전례문 작성을 도미니코회 신학자 토마스 아퀴나스(1224/5~1274)에게 맡깁니다. 이에 토마스는 성체에 대한 교회의 가르침을 여러 편의 '성체 찬미가' 안에 담았는데, 그중 '지존하신 성체'(Tantum Ergo), '천사의 양식'(Panis Angelicus), '구원을 위한 희생'(O Salutaris Hostia)은 지금도 부르는 친숙한 성체 성가입니다.

아름다운 성체 기도를 교회에 봉헌한 교황은 어린 시절 트루와의 주교좌성당 학교에서 공부했던 기억으로 그곳에 새 성전을 짓고 자신의 주보 성인인 성 우르바노 1세 교황에게 봉헌하고자 했습니다. 이에 공사는 예정대로 진행되었으나, 안타깝게도 교황은 네 해의 짧은 재위 기간으로 새 성당 봉헌 미사를 주례하지 못하고 선종했습니다. 이후 성당의 동쪽 부분인 성가대석과 트란셉트 그리고 제대 부분이 완성되었고, 마침내 1266년 우르바노 4세 교황의 바람대로 주보

성 우르바노 바실리카 파사드

성인의 축일인 5월 25일에 트루아의 성 우르바노 바실리카는 역사적인 봉헌 미사를 거행했습니다. 이때 바실리카를 순례하는 신자들에게 전대사가 수여되었다고 전해집니다.

이 당시는 파리를 중심으로 레요낭 양식이 번창하고 있을 때였고, 다른 지역에도 레요낭 양식이 많은 영향을 미쳤습니다. 트루아의 성 우르바노 바실리카는 그렇게 새로운 양식을 받아들인 대표적인 성당 가운데 하나입니다. 성당의 평면을 보면, 네이브는 3베이에 49미터 밖에 되지 않고, 슈베도 복도 없이 3개의 소

◀ 성 우르바노 바실리카 네이브월 트리포리움과 클리어스토리가 합쳐져서 오쿨루스와 랜싯으로 구성되었다
▶ 성 우르바노 바실리카 앱스 스테인드글라스의 오쿨루스와 랜싯

성당만 가지고 있습니다. 네이브와 슈베 사이의 트란셉트는 외벽에서 볼 때 거의 돌출되지 않은 형태입니다.

이렇게 성당의 규모가 작은 것은 구조적으로 창의 면적을 최대한 확보하기 위한 것이었습니다. 따라서 기둥 역시 중간에 끊기지 않고 수직성을 강조하면서 천장까지 이어졌으며, 트리포리움과 클리어스토리는 하나로 합쳐져 스테인드글

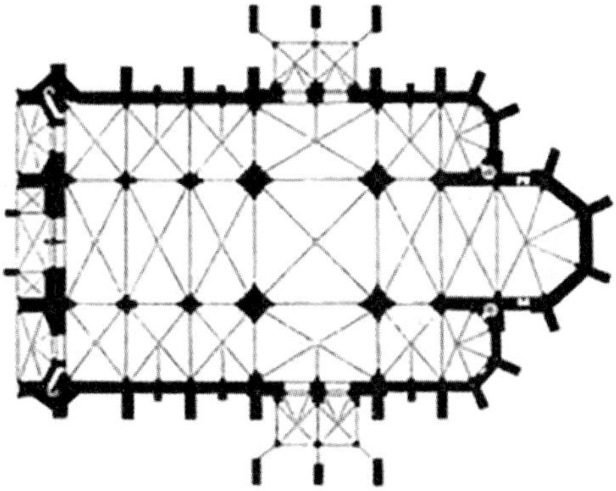

▲ 성 우르바노 바실리카 평면도
▼ 성 우르바노 바실리카 네이브 천장 4분 볼트 3베이

라스의 영역을 최대화하였습니다. 여기에 랜싯과 오쿨루스 역시 장식적 효과를 내기 위해 기존의 틀을 깨고 자유롭게 분할되었습니다. 네이브, 트란셉트, 성가대석, 앱스 등 위치에 따라 오쿨루스와 랜싯의 개수가 달랐고, 오쿨루스의 형태도 삼엽형과 사엽형 등 다양하게 사용되었습니다.

아일의 외벽도 넓게 확보된 창 위에 스테인드글라스가 설치되어 그 빛이 아케이드를 통과하여 네이브까지 밝게 비출 수 있게 했습니다. 앱스 외벽은 3단의 잔재가 남아 있지만 트리포리움이 클리어스토리와 동일한 스테인드글라스로 처리되어 2단으로 보입니다. 트란셉트 역시 2단으로 구성되었고, 클리어스토리의 면적이 아케이드를 능가했습니다.

이렇게 네이브와 아일에서 트란셉트를 거쳐 슈베에 이르는 모든 벽면이 색유리의 병풍으로 둘러쳐진 성당은 그야말로 빛으로 가득했습니다. 그래서 겉보기에 작고 허름한 성당이라 생각되지만, 성당 안에 들어서면 형형색색의 빛들이 순례자를 감싸 안아 주는듯한 느낌을 받습니다.

루앙의 생마클루 성당

Église Saint-Maclou de Rouen

후기 고딕을 불태운 플랑부아양 양식

13세기 중반에 시작된 레요낭 양식은 15세기에 들어 점차 쇠퇴하고, 그 뒤를 이어 훨씬 더 장식적인 요소에 집중한 '플랑부아양 양식'이 나타났습니다. 건축사학자들에 따라서 레요낭 양식을 후기 고딕으로 볼 것인지 별도의 양식으로 볼 것인지는 의견이 분분했지만 15세기에서 16세기까지 이어진 플랑부아양 양식은 확실한 후기 고딕에 속했습니다.

실제로 15세기 이후 전통적인 고딕 양식은 특별한 기술의 발전이 이루어지지 않고 퇴보의 길을 걸었던 반면에, 오히려 플랑부아양 양식은 장식이라는 일정한 흐름을 나타내면서 고딕건축을 주도했습니다. 그래서 플랑부아양 양식을 고딕 매너리즘이라고 말하기도 합니다. 그 시대의 고유하고 독립적인 고딕 양식을 창출하지 못하면서 새로운 르네상스 양식과는 대립하며 고딕 양식에 머물렀기 때문입니다.

'플랑부아양(flamboyant) 양식'은 네이브월의 창이 트레이서리에 의해서 불꽃처럼 타오르는 모양으로 분할된 장식 형태를 말합니다. 포인티드 아치가 디뾰족하고 더 곡선적으로 변형된 것 같은 느낌을 받습니다. 그래서 창에 주로 많이 사용되었지만, 천장의 리브도 별과 꽃의 형태로 표현되었습니다.

생마클루 성당 스크린에 플랑부아양의 트레이서리 설치

대체로 대형 성당의 증축에는 후기 고딕의 이러한 장식적 어휘가 사용되는데, 여기에 이것과는 모순되어 보이는 르네상스 양식의 고전적 어휘가 섞이면서 두 양식의 혼재 양상이 16세기까지 이어지게 됩니다. 반면에 증축이 아닌 새로 지어진 성당은 대부분 소형화된 단일 공간을 갖추며 자연스럽게 플랑부아양 양

◀ 생마클루 성당 네이브월 3단
▶ 생마클루 성당 슈베의 스테인드글라스 플랑부아양 양식

식을 취했습니다. 이렇게 장식 중심, 르네상스 양식과 혼재, 소형화된 단일 공간은 플랑부아양 양식의 특징을 이루었습니다.

생드니 대성당(2차 증축)과 생트샤펠에서 볼 수 있듯이, 레요낭 양식은 구조가 단순해진 성당의 전체 조도를 일정하게 맞추기 위해서 창의 면적을 넓혔고,

생마클루 성당 플랑부아양 양식의 장미창

넓은 창이 분할되면서 장식 어휘가 사용되었습니다. 하지만 플랑부아양 양식은 처음부터 장식 자체가 목적이었습니다. 창을 분할하는 랜싯과 오쿨루스의 일정한 규칙이 무너지면서, 여러 개의 오쿨루스들이 커다란 불꽃 모양의 단일 창으로 통합되었습니다.

천장의 리브도 플랑부아양 양식을 취했는데, 엄청난 개수의 리브는 구조적 역할을 담당하는 대신 플랑부아양의 기하학적 문양을 만드는 데 치중했습니다. 파사드에도 플랑부아양 양식이 적용되어 입체적이었던 고딕 성당의 파사드는 평면적으로 바뀌고 그 위에 많은 장식이 얹혔습니다. 출입문도 장식적인 트레이

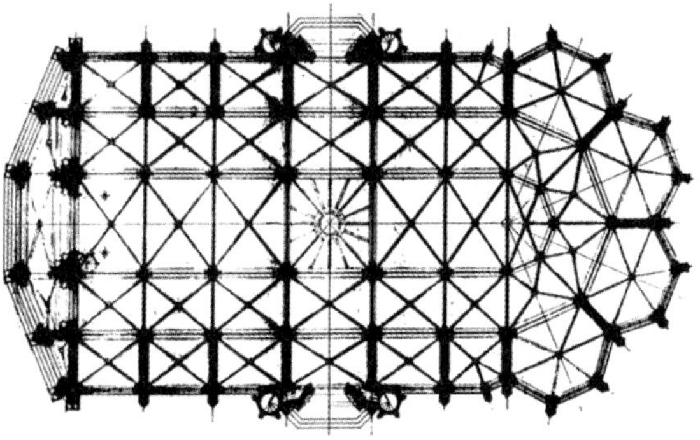

생마클루 성당 평면도

서리로 구멍이 뚫린 스크린이 여러 장 겹쳐 있는 형태를 띠었습니다.

1436년에 착공된 루앙의 생마클루 성당은 플랑부아양 양식을 대표하는 성당입니다. 5랑식의 성당은 3베이의 네이브와 2베이의 성가대석 사이에, 네이브와 같은 폭의 돌출부분이 없는 트란셉트를 가지고 있습니다. 따라서 전체적으로 보면 6베이의 작은 단일 공간을 갖는 전형적인 플랑부아양 양식입니다.

네이브월은 레요낭 양식의 2단 구성에서 다시 3단 구성으로 바뀌었지만 아케이드의 높이가 트리포리움과 클리어스토리를 합한 높이와 거의 같고, 아케이드층과 그 위층의 조도가 분명하게 구분이 되어 2단 처럼 보이기도 합니다. 기둥은 대응 기둥이 몰딩 체계로 바뀌었고, 주두가 사라지고 리브와 대응 기둥이 바로 만나서 장식적 효과를 가져왔습니다. 결국 고딕 양식이 구조 중심에서 장식 중심으로 바뀌고 있음을 보여주는 것입니다.

성당 외부 역시 플랑부아양의 장식을 위해서 출입구 벽체를 성당 본체로부터 떼어서 별도로 세웠습니다. 특히 다섯 개의 출입구 상부에 뾰족한 스크린을 설치해 플랑부아양 양식의 트레이서리로 구획했습니다. 이런 모습은 레요낭 양식에도 나타나지 않았던 것으로 성당과 성당의 출입구가 하나의 유기적 구조체로 구성된 고딕 성당에서는 상상하기 힘든 현상이었습니다.

생마클루 성당이 네이브월을 중심으로 플랑부아양 양식을 표현했다면, 보베의 생테티엔 성당 성가대석은 천장의 리브에서 플랑부아양 양식의 발전을 보여주었습니다. 보베 성당의 성가대석은 네이브와 비교했을 때 길이는 6베이로 같았지만, 폭은 네이브가 3랑식인데 반해 성가대석은 5랑식으로 구성되어 성가대석이 네이브보다 더 넓은 면적을 차지하고 있습니다. 천장고가 25미터에 이르는 성가대석은 중앙 부분이 모두 리브로 장식되었습니다. 볼트 하나가 아홉 개의 삼각형으로 분할되고 가운데는 마름모 형태를 취했습니다. 그리고 양쪽 아일에 해당하는 부분에는 훨씬 다양한 문양이 리브로 장식되었습니다. 이렇게 리브가 장식용으로 변질되면서 리브에 상응하는 대응 기둥도 구조적 역할을 잃고 코어 기둥에 장식 효과를 내는 정도로 점점 그 역할이 사라져갔습니다.

영국 고딕

노르망디를 통해 프랑스의 첨단 고딕건축
기술이 영국으로 건너가고, 반대로
레요낭 양식과 플랑부아양 양식의 기하학적
장식성이 영국에서 프랑스로 건너가다

캔터베리 대성당(고딕 증축)

Canterbury Cathedral

영국 고딕을 시작하다

1066년 정복왕 윌리엄은 영국에 노르만 왕조를 세우고, 프랑스의 완성된 로마네스크를 수입해 문화적 부흥을 일으켰습니다. 이것이 영국 로마네스크의 시작입니다. 그 후 백 년이 지나 다시 '고딕'이란 새로운 양식이 영국에 전해졌는데, 이때도 초기의 고딕 양식이 아닌 완성된 전성기의 고딕 양식이 영국에 수입되었습니다.

영국과 프랑스의 이러한 문화적 이동에는 노르망디라는 연결 통로가 있습니다. 노르망디를 거쳐 프랑스 고딕이 영국으로 건너갔고, 반대로 레요낭 양식과 플랑부아양 양식에서 나타난 장식 어휘가 프랑스로 유입되기도 했습니다. 고딕 양식을 프랑스식으로 정의해 성당이 유기적 구조의 첨단 기술을 드러내고 있는지의 관점으로 본다면 영국의 고딕은 프랑스 고딕의 영향 아래에 있다고 생각할 수 있습니다. 하지만 고딕 양식을 문화적 다양성의 시각으로 바라본다면 한 방향으로의 흐름보다는 나라마다 지역적 독립성을 갖고 어느 정도 양방향으로 영향을 주고받는다고 볼 수도 있습니다.

이런 영국의 고딕이 지역주의적 독립성을 드러내는 부분이 여러 곳에서 나타나는데, 특히 평면과 공간의 구성에서 영국의 고유한 형태를 지니며, 기하학

캔터베리 대성당 외관

적 장식이 발달한 점이 영국의 특징입니다. 그래서 영국 고딕은 프랑스처럼 건축 구조의 발달 단계에 의해 시대적으로 구분하지 않고, 양식의 변화에 따라 초기 영국 양식, 장식 양식(곡선 중심), 수직 양식(직선 중심)으로 구분하는 것이 일반적입니다.

'초기 영국 양식'의 대표적인 성당은 복자 란프랑코 대주교에 의해 1070년에 로마네스크 양식으로 지어진 캔터베리 대성당입니다. 이후 1096년 성 안셀모 대주교는 성가대석을 네이브의 길이에 버금가는 규모로 확장하고 그 안에 트란셉트를 하나 더 만들었습니다. 그래서 대성당은 성당 두 개를 종방향으로 이어

▲ 캔터베리 대성당 삼위일체 소성당 제대

▼ 캔터베리 대성당 삼위일체 소성당 코로나

캔터베리 대성당 네이브월과 천장

놓은 것처럼 보입니다. 그리고 백 년이 지난 1174년, 화재로 성당의 많은 부분이 소실되었는데, 이때 복원에 사용된 고딕 양식이 최초의 '초기 영국 양식'입니다. 그리고 이스트엔드의 사각형 소성당 자리에는 삼위일체 소성당이 증축되었습니다(1180년). 후대에 네이브월은 '수직 양식'으로 증축되었습니다.

캔터베리 대성당은 노르망디의 영향을 받은 로마네스크의 공간에, 초기 고딕의 6분 볼트와 기둥 체계가 기본 구조를 이루고, 여기에 영국 전통의 기하학적 장식이 더해져 완성되었습니다. 다시 말해서 초기 영국 양식은 프랑스 고딕에서 보인 유기적 구조 체계에는 이르지 못하고 단지 고딕의 요소들이 단편적으

캔터베리 대성당 크로싱

로 사용되었고, 이런 요소들로 영국 전통을 표현하기 시작한 것입니다. 그중 하나가 아일의 외벽과 클리어스토리에 사용된 이중벽입니다. 이곳에 이중벽이 들어섰다는 것은 고딕 구조의 수직성을 포기하고, 공예성에 치중했다는 것을 뜻합니다.

평면도 처음에 라틴크로스의 바실리카 양식으로 구성되었으나, 이후 성가대석을 확장하면서 영국의 수평성이 표현되었습니다. 성가대석은 3랑식 5베이의 규모가 되었고 자체 트란셉트도 가졌습니다. 그리고 성가대석의 서쪽 끝은 마치 웨스트워크의 전실처럼 구성되어 성당 전체를 보면 두 개의 트란셉트와 두 개의 성가대석, 두 개의 네이브와 두 개의 전실을 가진 것처럼 보입니다. 이러한 구성은 성당의 수평성을 드러내는 것인데, 이 수평성은 네이브월의 수평적인 장식으

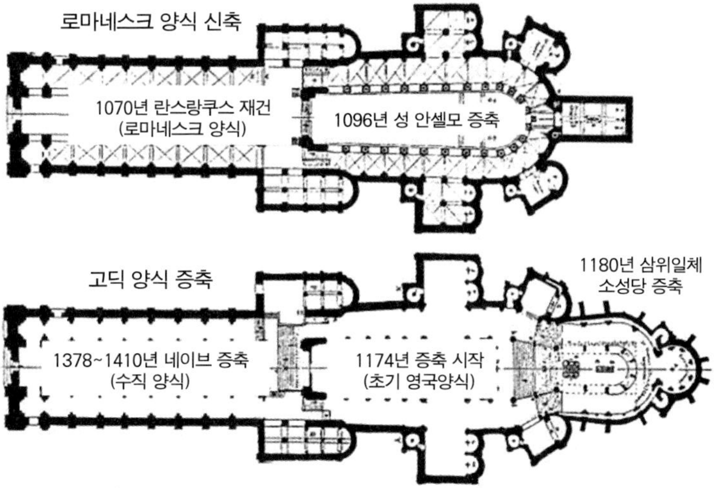

캔터베리 대성당 증축 평면도

로 인해서 더욱 강조되었습니다. 결국 소성당 역시 방사형 소성당 대신에 성당의 전체 축을 따라서 큰 소성당과 앱스에 작은 소성당이 들어서면서 축형 소성당의 형태를 만들었습니다.

따라서 웨스트워크의 대성당 입구에 들어서서 전실을 거쳐 긴 네이브를 지나가면 첫 번째 트란셉트를 만나고, 이곳이 다시 전실의 역할을 하면서 원래는 성가대석이었던 두 번째 네이브를 지나게 됩니다. 그리고 다시 두 번째 트란셉트를 통과하여 성가대석에 도착하면, 삼위일체 소성당이 나오고 그에 딸린 코로나 앱스로 이스트엔드가 끝나는데, 그러한 성당의 총길이가 157미터에 달합니다. 이러한 구성은 영국 고딕의 전형이 되어 링컨, 솔즈베리, 웰스, 웨스트민스터 대성당 등에 영향을 미쳤습니다.

웨스트민스터 수도원 성당

Westminster Abbey

보편적 고딕 양식을 수용하다

웨스트민스터 수도원의 역사는 960년경 베네딕도회 수도공동체가 이곳에 세워졌다는 기록에서 출발합니다. 그 후 참회왕 에드워드(1042-1066 재위)는 왕위에 오르자 곧 왕실 묘지 성당으로 쓰기 위하여 이곳에 로마네스크 양식의 웨스트민스터 성 베드로 수도원을 건립했습니다. 20여 년 후 성당이 완공되어 봉헌식이 거행되고 일주일이 겨우 지났을 때, 에드워드는 자신이 지은 성당 묘지에 묻히는 첫 번째 왕이 되었습니다.

왕위를 세습이 아닌 위탄게모트에서 선출하는 방식을 가진 영국은, 에드워드의 후계자로 헤럴드를 선출했습니다. 그런데 이 왕위 승계를 노르망디의 공작 윌리엄(기욤)은 수용할 수 없었습니다. 왜냐면 에드워드가 어린 시절 정치적인 이유로 노르망디에 머물 때 에드워드를 보살폈던 사람이 윌리엄이었고, 에드워드는 이에 대한 보답으로 영국의 왕위를 밀약했기 때문입니다.

따라서 영국 왕위의 계승자로 생각했던 윌리엄 공작은 영국으로 건너가 헤이스팅스에서 헤럴드와 운명의 전투를 벌이고, 그 전쟁에서 승리하여 영국의 왕이 되었습니다. 그렇게 영국의 노르만 왕조를 연 정복왕 윌리엄(1066-1087 재위)은 웨스트민스터 수도원 성당에서 첫 번째 대관식을 거행하는 왕이 되었습니다.

웨스트민스터 성당 북측 트란셉트 외관

이렇게 웨스트민스터 수도원에 로마네스크 양식의 성당이 지어지고 200년이 지난 1245년에 영국 왕 헨리 3세(1216-1272 재위)는 영국의 중심이 된 웨스트민스터 수도원 성당의 증축을 명령합니다. 보통 성당 증축은 화재로 성당의 일부 혹은 전부가 소실되었거나, 신자들의 신앙심이 커지면서 신자 수가 기하급수적으로 증가하는 종교적인 이유에서 이루어집니다. 하지만 헨리 3세의 웨스트

웨스트민스터 성당 파사드

민스터 성당의 증축은 정치적인 이유를 내포하고 있습니다.

노르망디에서 건너와 영국에 노르만 왕조를 세운 윌리엄은 왕권을 강화하고, 국왕 선출을 위한 기관인 위탄게모트를 건너뛴 채 세습으로 아들 헨리 1세(1100-1135 재위)에게 왕위를 물려주었습니다. 이후 헨리 1세는 모국과도 같은 노르망디를 지키기 위해서 딸 마틸드를 앙주의 백작 조프루아와 혼인시켰습니다. 하지만 헨리 1세가 후계자 없이 죽고 조카 스티븐이 왕위를 계승하자, 노르망디에 머물던 마틸드는 군대를 이끌고 영국으로 와서 스티븐과 대치했습니다.

그 사이 노르망디에서는 마틸드의 아들 헨리 2세가 카페 왕조의 루이 7세와 이혼한 엘레아노르와 결혼하여 아키텐을 얻게 됩니다. 앙주 가문의 입장에서는 결혼 동맹으로 노르망디뿐만 아니라 아키텐까지 프랑스 서부 전체를 지배한 것입니다. 이어서 영국의 스티븐이 죽자, 마틸드는 아들 헨리 2세(1154-1189 재위)를 영국의 왕으로 앉혔습니다. 헨리 2세는 아버지 조프루아의 별칭을 따서 플랜태저넷 왕조를 열었고, 이로써 앙주 가문은 프랑스 서부에 이어 영국까지 차지하게 되었습니다.

하지만 카페 왕조의 필리프 2세(1180-1223 재위)가 헨리 2세의 후계자인 리처드와 존을 물리치고 앙주와 노르망디를 손에 넣음으로써, 영국에게는 아키텐만 남게 되었습니다. 결국 의적 로빈 후드를 탄생시킨 폭군 존은 영국 귀족들 앞에 무릎을 꿇고 그들의 요구 사항인 대헌장(Magna Carta)에 서명합니다.

이런 배경에서 영국 왕위에 오르게 된 존의 아들 헨리 3세는 대외적으로 잃었던 노르망디와 앙주를 회복하여 프랑스에 대한 열등감에서 벗어나고, 대내적으로는 왕권을 강화하여 자신의 입지를 높이기를 간절히 원했습니다. 이때 헨리 3세가 자신의 정치적 성공을 이루기 위한 상징물로 선택한 것이 웨스트민스터

웨스트민스터 성당 성가대석 출입구 방향

수도원 대성당이었습니다. 그래서 1245년 헨리 3세는 로마네스크 양식으로 지어진 웨스트민스터 수도원 성당의 대대적인 증축에 들어갑니다. 이 공사로 고딕 양식에 있어서만은 영국의 고딕이 프랑스를 뛰어넘는다는 것을 보여주고자 했던 것입니다.

웨스트민스터 수도원 성당의 증축은 영국 고딕의 단계에 따라 처음에는 '초기 영국 양식'으로 시작되었습니다. 이후 14세기에 '장식 양식'이 추가되었고, 16세기 초까지 '수직 양식'의 공사가 이어졌습니다. 앞서 캔터베리 대성당도 여러 차례의 증축을 통해서 '수평성과 기하장식'이라는 영국 고딕 성당의 전형을 이루었고, 이 양식이 이후의 성당에 큰 영향을 주었다고 언급했습니다. 하지만 웨스트민스터 수도원 성당은 영국만의 전통적 특징에 그치지 않고 동시대 고딕 성당의 보편적 요소들을 적극적으로 수용했습니다. 이것이 정치적인 영국의 자존심을 높이는 방법이라고 생각한 것 같습니다.[19]

먼저 캔터베리 대성당과는 달리, 웨스트민스터 수도원 성당은 제대가 있는 사제석 부분(슈베)이 이스트엔드로 수평 확장되고 거기에 트란셉트가 추가되는 영국 고딕의 기본 구성을 취하지 않았습니다. 오히려 이스트엔드의 소성당이 방사형으로 놓여있고 그 앞의 복도가 트란셉트까지 이어지는 프랑스의 샤르트르 및 랭스 대성당처럼 구성했습니다. 물론 이스트엔드의 끝에 상당히 긴 소성당을 추가로 건립한 것은 영국 전통의 수평성을 유지한 것으로 보입니다. 이로써 트란셉트를 중심으로 웨스트워크까지의 거리와 이스트엔드 끝까지의 거리가 거의 비슷해졌습니다.

또한 벽면의 창이 오쿨루스 하나에 랜싯 두 개로 구성되었고, 클리어스토리와 갤러리에 레요낭 양식의 트레이서리가 많이 사용되었으며, 클리어스토리가 통로 없이 단겹이고, 대응 기둥이 리브에서 이어져 바닥까지 내려온 점, 그리고 플라잉 버트레스의 역할 등은 프랑스의 보편적 고딕 양식을 적용한 것입니다. 한편, 기하학적이고 공예적인 장식 요소가 많이 드러나고 있는 점과 벽의 3단 구성에 갤러리가 있고 갤러리와 클리어스토리의 층고가 높지 않은 점 등은 영국의 전통적 특징이라고 할 수 있습니다.

---

19 웨스트민스터 수도원은 1539년까지 로마 가톨릭교회의 베네딕토회 성 베드로 수도원 성당이었습니다. 하지만 헨리 8세가 혼인 문제로 교회의 파문을 당한 후, 영국은 가톨릭교회와 수도원의 재산을 빼앗았고, 이때 웨스트민스터 수도원도 영국 왕실 직속의 성공회 성당이 되었습니다.

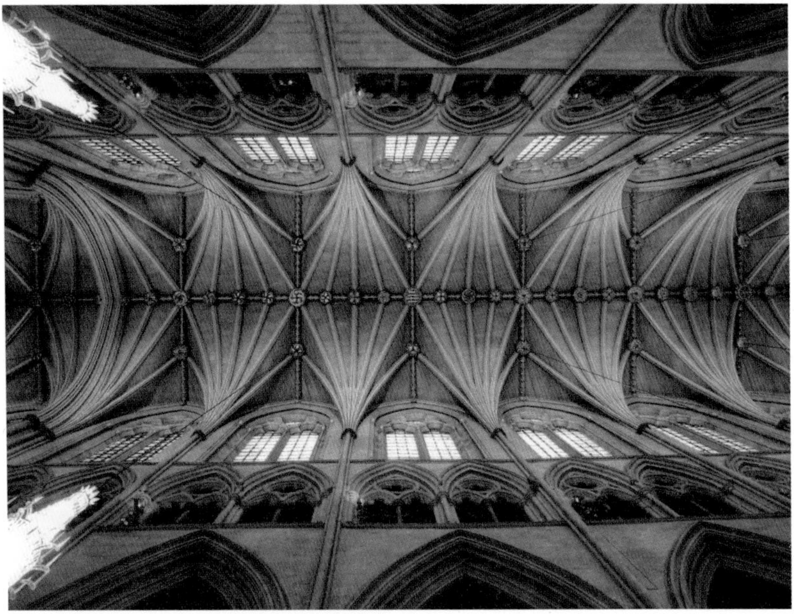

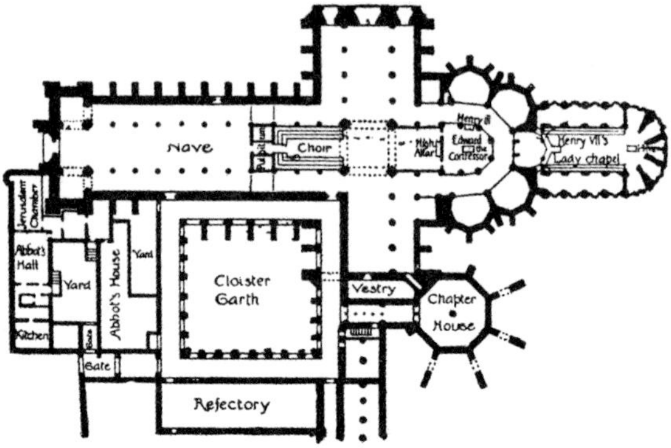

▲ 웨스트민스터 성당 네이브월과 볼트
▼ 웨스트민스터 성당 평면도

이렇게 웨스트민스터 수도원은 캔터베리의 영국 전통 양식뿐만 아니라 프랑스의 보편적 고딕 양식을 수용했습니다. 여기에는 영국 양식의 기본 구조에 프랑스 고딕의 요소들을 접목하여 영국 고딕을 완성하겠다는 의도가 담겨 있습니다. 헨리 3세는 처음에 참회왕 에드워드의 무덤을 증축하는 것으로 공사를 시작했습니다. 그런데 공사를 확장하면서 프랑스의 보편 양식까지 받아들임으로써 영국 고딕의 역량이 프랑스를 능가한다는 것을 알리고 이것을 영국의 전통 양식과 접목하여 포함함으로써 영국 고딕의 우위를 과시하고 싶어한 것입니다. 이로써 영국 왕실은 프랑스와 경쟁하고 대륙을 되찾으려는 의지를 성당 건축을 통해서 표현한 것입니다.

요크 민스터

York Minster

장식 양식의 문을 열다

민스터(Minster, 독일어 Münster)는 수도원이란 의미의 라틴어 'Monasterium'에서 유래하는데, 영국에서는 대성당 특별히 주교좌성당에 붙여지는 명칭입니다. 요크 민스터는 현재 북유럽에서 가장 큰 성당 가운데 하나이며, 요크의 대주교는 영국 성공회의 수장인 국왕과 캔터베리 대주교 다음의 서열을 차지합니다. 요크 민스터는 1220년 요크의 대주교가 캔터베리 대성당에 비길만한 성당을 지을 것을 명령하면서 고딕 양식으로 공사가 시작되었습니다. 그 후 무려 250년 동안 증축을 거듭한 요크 민스터는 1472년에 성 베드로 사도에게 봉헌되었습니다. 대성당에는 영국 고딕의 세 가지 양식이 모두 나타나는데, '초기 영국 양식'은 북쪽과 남쪽의 트란셉트, '장식 양식'은 네이브와 챕터 하우스, '수직 양식'은 성가대석과 이스트엔드에서 볼 수 있습니다.

앞에서 웨스트민스터 수도원은 대륙의 보편적 고딕 양식을 수용했다고 말했습니다. 실로 프랑스 고딕의 레요낭 양식은 기하 장식을 중요시하는 영국의 전통과 조화를 이루기에 적합했습니다. 그 결과 '레요낭 양식'과 유사한 형태가 '장식 양식'의 한 갈래를 형성했습니다. 이후 장식 양식은 영국 고딕의 주류가 되면서 역으로 프랑스의 레요낭 양식에 영향을 주기도 했습니다.

요크 민스터 파사드

장식 양식의 다른 갈래는 트레이서리와 아치의 형태가 오지(ogee) 아치 혹은 나뭇잎 아치로 구성되는 영국 고유의 '곡선 양식'입니다. 여기에 리브를 이용한 장식의 분화가 일어나면서 리브는 개수가 많아지고 구조적 역할에서 자유로워졌습니다. 이 리브의 곡선 장식은 볼트에서만 나타나는 것이 아니었고 벽과 아치에도 리브 장식이 추가되었습니다. 트레이서리와 리브를 중심으로 곡선 장식이 표현의 극대화를 이루었습니다.

두 형태의 장식 양식은 모두 평평하고 넓은 창이 필요했기 때문에, 평면은 원형보다는 다각형을 선호했고, 앱스도 장방형의 소성당으로 이루어졌습니다.

요크 민스터 네이브 슈베 방향

이중 트란셉트와 이중 성가대석도 초기 영국 양식에 이어서 계속 나타나면서 영국 전통을 이어나갔습니다. 반면에 장식을 위한 리브의 수가 많아짐에 따라 하중을 견디기 위해서 벽체가 두꺼워졌습니다. 이때 보편적 고딕은 하중을 분산하기 위해서 유기적 구조체인 플라잉 버트레스를 발전시켰지만, 건물의 물질성에 익숙한 영국은 벽체의 두께로 구조 문제를 해결하면서 플라잉 버트레스는 영국에서 점차 사라졌습니다.

장식 양식의 두 경향인 '레요낭 양식'과 '곡선 양식'이 조화를 이룬 대표적인 성당이 요크 민스터입니다. 챕터 하우스는 레요낭 양식을 많이 드러내는데, 프랑스 트루아의 성 우르바노 바실리카의 영향을 받았습니다. 네이브월은 프랑스의 보편적 3단 구성을 따라 아케이드, 트리포리움, 클리어스토리로 구성되었고,

요크 민스터 네이브 서쪽 주 출입구 방향

요크 민스터 출입구의 곡선 양식 창

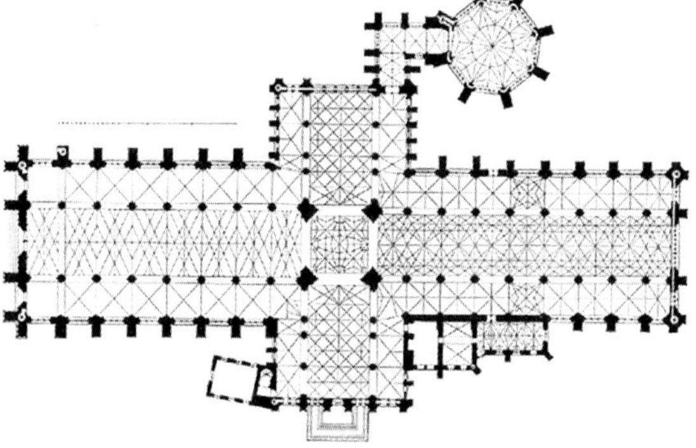

요크 민스터 평면도

트리포리움의 수직 부재는 클리어스토리와 일체감을 이루게 합니다. 이 역시 성 우르바노 성당에 나타난 레요낭의 특징입니다.

레요낭 양식의 바탕 위에 영국 고유의 곡선 양식이 나타나는데, 특히 웨스트 워크의 주출입구 위에 있는 커다란 창에 그 아름다움이 표현되었습니다. 창 상부의 역방향 곡선들은 하트와 나뭇잎의 형태를 만들고, 그 아래에 랜싯 4개, 포인티드 아치 2개, 오쿨루스 2개가 하나의 구성으로 창을 화려하게 분할 장식합니다. 이렇게 요크 대성당에서 시작된 장식 양식은 영국 내의 대성당에 영향을 주면서 영국의 전통적 양식으로 자리매김했습니다.

글로스터 대성당
Gloucester Cathedral
수직 양식으로 영국 고딕을 마감하다

요크 민스터에서 시작된 '장식 양식'은 웰스 성당과 엘리 성당에서 절정을 이루었으나, 그 이후에는 트레이서리와 리브의 장식이 조금씩 절제되는 양상을 보이기 시작했습니다. 장식의 크기와 굵기가 줄어들어 장식의 역동성이 감소되었습니다. 동시에 장식 문양은 수직과 수평 혹은 방사선 방향으로 규칙적인 질서를 이루었습니다. 곧 격자 문양과 같이 직선과 직각에 중점을 두었습니다. 이렇게 시작된 새로운 양식을 '수직 양식'이라고 부릅니다.

수직 양식은 장식 위주의 흐름에 반발하여 생겨난 양식입니다. 장식 양식에 곡선이 주요 요소로 사용되었다면, 수직 양식에는 직선이 주로 사용되어 '직선 양식'이라고도 합니다. 장식 양식에서는 건물의 구조 부재에 장식이 이루어지면서 장식 부재 자체가 구조의 역할을 병행했으나 수직 양식에서는 구조와 장식이 분리되면서 장식은 부가적인 요소로 축소되었습니다. 이것이 장식 양식에서는 장식 부재가 3차원의 입체 형태를 보이지만 수직 양식에서는 장식 부재가 2차원의 평면 형태를 이룬 이유입니다.

2차원 평면 형태의 대표적인 것이 격자 문양의 스크린과 같은 평면 패널 장식입니다. 패널은 네이브월에 사용되면서 공간을 분할하고 공간을 구성하는 역할을 했습니다. 물론 수평 분할보다는 수직 분할이 더 많이 나타났습니다. 왜냐

글로스터 대성당 남측 전경

면 고딕 성당에서는 양식의 흐름이 바뀌더라도 수평 요소보다는 수직 요소가 항상 강조되어 왔기 때문입니다.

천장에는 장식 리브가 부챗살처럼 수직과 수평 그리고 방사선 방향으로 반복되면서 뻗어나가는 형태가 생겨났습니다. 이것을 '팬(fan) 볼트'라고 하는데 이런 리브의 형태는 수직 양식의 한 종류입니다. 팬 형태는 장식 양식에서도 나

글로스터 대성당 파사드

글로스터 대성당 성가대석 제대 방향

타났지만 구조 역할을 하였기 때문에 리브 장식이 굵고 수도 많지 않았습니다. 하지만 수직 양식에 와서는 팬 형태가 가늘게 분할되면서 반복이 잦아졌고, 이것이 수직 양식의 또 다른 규칙을 만들어 낸 것입니다.

하지만 수직 양식의 절제와 규칙은 장식 양식을 넘어서는 무엇이 아니라 장식 양식이 퇴보하는 방향으로 흘렀습니다. 결국 긍정적인 의미의 절제라기보다는 영국의 고딕 양식이 생명력을 다해 가고 있음을 보여주는, 영국 고딕의 고유한 특징이었던 장식화 경향이 후기로 접어드는 현상이라고 말할 수 있습니다.

영국 고딕에서 수직 양식이 처음 나타난 곳은 글로스터 대성당의 트란셉트

글로스터 대성당 볼트

와 성가대석입니다. 글로스터 대성당은 1222년 화재로 수도원 건물의 목조 건축 부분이 대부분 소실되었습니다. 이후 초기 영국 양식으로 1차 개축이 이루어졌고, 1300년대 들어 에드워드 2세의 무덤에 순례자들이 늘면서 자금을 확보한 수도원이 수직 양식으로 증축을 시작했습니다.

트란셉트에서는 수직 양식의 특징인 가는 장식 부재들이 나타났고, 리브가 규칙적으로 구성되었으며, 평면 패널 장식과 수직 분할 등이 나타났습니다. 성가대석은 증축을 통해서 수직 양식을 더욱 잘 보여주고 있습니다. 네이브월은

글로스터 대성당 클로이스터 팬볼트

기본 구성인 3단으로 되었지만, 그 위로 격자 문양의 패널이 설치되었는데, 여기에 아케이드에서 클리어스토리까지 수직 부재가 일직선으로 처리되었습니다. 그런데 이러한 패널의 사용은 장식의 표준화를 가져오면서 비록 격자의 간격이나 비례, 분할의 크기와 형태 등이 다양하게 제작된다고 하더라도 결국은 장식의 독창성이 훼손되는 결과를 가져왔습니다.

성당의 이스트엔드에는 수직 분할을 잘 보여주는 대형 창이 있고, 이런 형태는 서쪽 파사드와 트란셉트에도 사용되었습니다. 천장의 문양은 팬 볼트의 초기 형태를 보입니다. 하지만 리브의 형태는 정돈이 되지 않고 분산적이며 방향을 잃어버린 느낌을 줍니다. 리브는 영국 고딕에서 가장 중요한 요소였지만, 수직 양식에 와서 그 힘을 소진했습니다. 영화 해리 포터 시리즈 촬영지로 유명한 대성당의 클로이스터(안뜰을 둘러싼 회랑)에는 오래되고 아름다운 팬 볼트가 남아 있습니다.

글로스터 대성당에서 시작된 수직 양식은 표준화된 패널로 큰 인기를 얻으면서, 14세기에는 윈체스터 대성당과 캔터베리 대성당의 네이브에 영향을 주었습니다. 하지만 15세기에 들어 수직 양식은 본당보다는 소성당 등에 적용되면서, 영국 고딕은 서서히 막을 내리고 새로운 시대를 요청받았습니다.

독일 고딕

프랑스 고딕 양식에 의존하는 경향과
독자성을 추구하는 경향으로 나뉘었으나,
점차 프랑스의 보편주의에서 벗어나
지역주의의 전통이 대세를 이루다

스트라스부르 대성당

(프) Cathédrale Notre-Dame de Strasbourg

(독) Liebfrauenmünster zu Straßburg

독일에 상륙한 고딕 보편주의

영국은 로마네스크 양식과 고딕 양식 모두 프랑스의 완성된 양식을 수입하는 형태를 취했습니다. 반면에 독일(신성로마제국)은 로마네스크 양식을 수입에 의존하지 않고 고유의 독자성을 유지하면서 긴 시간에 걸쳐서 발전시켰습니다. 프랑스에서 고딕 양식이 시작되었을 때도 독일은 국제적 흐름보다는 로마네스크의 완성에 집중했습니다. 사실 영국은 프랑스와의 관계에 있어서 노르망디라는 지리적 매개체가 있었습니다. 따라서 정치적 종교적인 차원에서뿐만 아니라 건축적 차원에서도 문화적 교류가 없을 수 없었습니다.

하지만 독일은 프랑스와의 교류가 많지 않았습니다. 더욱이 프랑스 고딕이 발전한 이유 중의 하나인 정치적 중앙집권화가 독일에서는 이루어지지 않았습니다. 오토 대제 이후 새로운 양식을 수용하고 발전시킬 국가의 능력이 턱없이 부족했습니다. 그 결과, 로마네스크 시대에는 프랑스의 제3 클뤼니 수도원 성당과 견줄 정도의 제2 슈파이어 대성당을 건립했던 독일이 고딕 시대에 와서는 한참을 뒤지게 되었습니다.

독일에 고딕 양식의 성당이 나타나기 시작한 것은 13세기 들어 로마네스크 성당의 증개축에 고딕 요소가 첨가되면서입니다. 이후 13세기 중반 프랑스와 인

스트라스부르 대성당 파사드

스트라스부르 대성당 네이브 제단 방향

스트라스부르 대성당 네이브 4분 볼트 출입구 방향

스트라스부르 대성당
북측 트란셉트 스테인드글라스

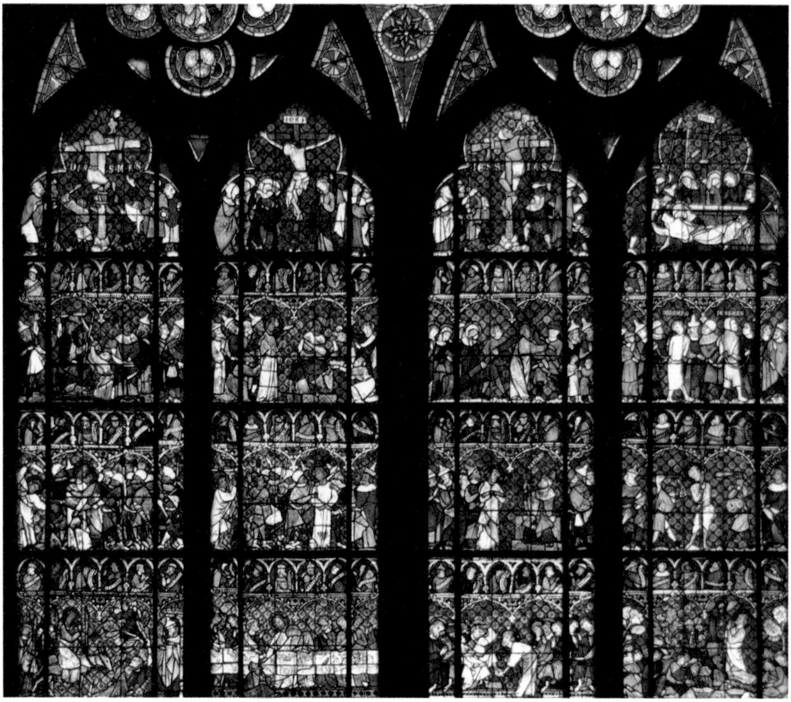

스트라스부르 대성당 아일 스테인드글라스

접한 서부에서 프랑스 고딕을 모방하면서 본격적인 독일 고딕이 시작되었습니다. 그 대표적인 성당이 스트라스부르 대성당과 쾰른 대성당입니다.

지금은 프랑스 영토에 속하는 스트라스부르(독일어로 슈트라스부르크) 대성당의 역사는 550년경에 같은 자리에 최초의 대성당이 지어졌다는 기록에서 시작됩니다. 카롤루스 대제의 통치 시기인 778년에는 이곳에 카롤링거 양식의 대성당이 봉헌되었습니다. 이후 신성로마제국 시대에 들어서 왕권 다툼의 소용돌이 속에 대성당은 불에 탔고, 1015년 카롤링거 성당의 기초 위에 새로운 대성당의

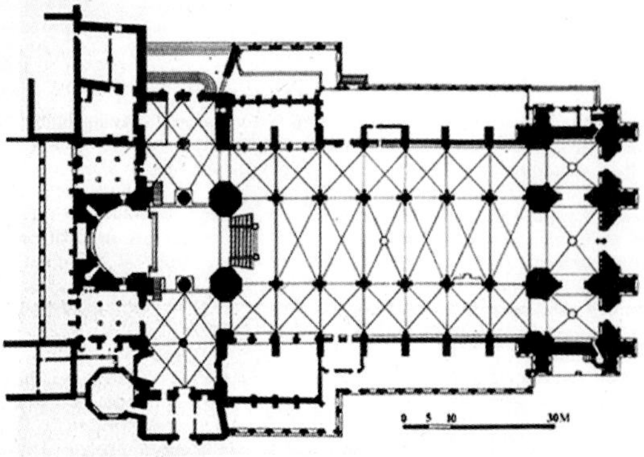

스트라스부르 대성당 평면도

기초를 놓았습니다. 이때 이미 현재의 대성당에 이르는 규모로 세워졌는데, 목조 천장의 새 성당은 빈번한 화재로 보수 공사가 계속되면서도 로마네스크 양식을 잘 유지했습니다.

하지만 13세기에 들어서면서 새로운 대성당을 세우기로 결정하고, 로마네스크 성당의 기초 위에 트란셉트와 성가대석은 그 양식을 유지하면서, 프랑스에서 새롭게 일고 있는 고딕 양식을 수입하여 네이브와 서쪽 파사드를 중심으로 성당을 증축했습니다. 1240년에 공사를 시작한 네이브는 기존의 공간에 맞춰 폭이 36미터에 높이가 32미터의 수평성을 유지하였습니다. 이는 높이보다는 넓은 공간을 선호했던 독일 로마네스크의 전통에서 기인한 것입니다.

이 네이브는 프랑스의 생드니 대성당에 나타난 후기 고딕의 양식을 곧 레요낭 양식을 적용했습니다. 곧 네이브 바닥에서 천장까지 대응 기둥이 이어졌고, 네이브월은 트리포리움과 클리어스토리가 연속성을 갖는 2단 구성의 느낌으로 처리되었으며, 이 창들을 분할하는 트레이서리도 생드니의 것을 모방하였습니다. 이는 프랑스의 장인들이 스트라스부르 대성당의 공사를 했기 때문이며, 그만큼 스트라스부르가 프랑스와의 교류가 활발했던 지역임을 말해줍니다.

독일의 고딕은 이렇게 프랑스 고딕건축의 수입에 철저히 의존하는 경향과 독일만의 독자적 양식을 고집하는 경향으로 나눌 수 있습니다. 영국에서는 이러한 두 양상이 하나로 합쳐졌지만, 독일에서는 각각의 양식을 이루면서 독일 고딕만의 특색을 가졌습니다. 그중에서 스트라스부르 대성당은 프랑스의 완성된 고딕을 그대로 수입하는 형태를 취했습니다.

1277년 공사를 시작한 스트라스부르의 파사드는 앞에서 소개했던 트루아의 성 우르바노 바실리카를 따랐습니다. 네이브에서는 생드니 대성당을 모방했던 스트라스부르 대성당이 파사드는 성 우르바노 바실리카를 모방한 이유는 건축적 기준에 의한 것이라기보다는 그때그때 유행하는 양식을 따른 것으로 볼 수 있습니다. 파사드 공사가 시작된 때에는 생드니 대성당보다 성 우르바노 바실리카가 더 최신 유행이 성당이었던 것입니다. 그러면서 스트라스부르 대성당은 서쪽 첨탑의 높이가 142미터까지 올라갔습니다.

레요낭 양식의 응용은 파사드만이 아니라 일반적인 트레이서리를 발전시켜 격자 형태의 면 단위의 트레이서리를 선보였습니다. 서쪽 출입구, 지붕 박공, 장미창 등에 이런 스크린 면이 사용되었고, 특히 출입구에 스크린이 세 겹 만들어진 것은 레요낭 양식의 절정에 이르렀음을 말해주는 것입니다.[20]

20 스트라스부르 대성당은 종교개혁 시기에 프로테스탄트 관할이 되었다가, 1681년에 스트라스부르 도시가 프랑스에 합병되면서 로마 가톨릭교회에 속하게 되어 지금에 이릅니다.

쾰른 대성당

Kölner Dom(Cologne Cathedral)

독일 고딕의 상징

쾰른 대성당의 자리에 처음 성당이 세워진 것은 4세기 이후로 그곳에 처음 교구가 설립되었을 때였을 것이라고 말합니다. 이후 '구 쾰른 성당'이 힐데볼트 대주교에 의해서 메로빙거 왕조 때 개축을 시작하여, 카롤링거 왕조 때인 873년에 봉헌되었고, 오토 왕조 때 증축되었습니다. 하지만 구 성당이 1248년 4월의 화재로 소실되자, 교구는 새로운 성전을 짓기로 결정합니다.

쾰른 대성당에는 1165년에 신성로마제국의 황제 프리드리히 1세에 의해서 봉헌된 동방 박사의 유골함이 있습니다. 이 성 유물은 황제가 이탈리아 원정에서 얻은 것으로 밀라노에서 가져왔다고 합니다. 그후 대성당은 유골함을 금으로 다시 제작하여 1225년에 완성하고 그로부터 유럽 전역에서 이 유골함을 보기 위해서 쾰른 대성당을 순례했습니다. 그렇게 쾰른 대성당이 순례 성당으로 명성을 얻게 되면서부터 성당은 확장의 필요성을 느끼게 되었습니다.

하지만 쾰른 대성당이 지금의 고딕 성당으로 지어진 데에는 다른 몇 가지 배경이 있습니다. 원래 쾰른은 독일 로마네스크의 전통이 깊은 지역이었는데, 프랑스와 인접해 있으면서 독일의 지역주의와 프랑스의 보편주의 사이에서 선택의 기로에 놓였던 것입니다. 스트라스부르 대성당에서도 언급했지만, 영국에서

쾰른 대성당 파사드

◀ 쾰른 대성당 트란셉트 창 오쿨루스와 랜싯
▶ 쾰른 대성당 네이브 4분 볼트 제단 방향

는 보편주의와 지역주의가 잘 섞여서 하나의 영국 양식이 만들어진 것에 비해, 독일은 두 가지가 하나로 합쳐지지 못하고 공존하는 현상이 벌어졌습니다.

그런 고민 가운데 쾰른은 스트라스부르와 함께 프랑스의 고딕 양식을 받아들이기로 결정했습니다. 그렇게 된 배경에는 정치적인 이유가 있습니다. 쾰른이 로마네스크 시기와 다르게, 로마 교황청과 프랑스와 신성로마제국의 세 질서 사이에서 눈치를 봐야 했기 때문입니다. 이는 신성로마제국의 위상이 로마네스크 시기보다 낮아졌음을 의미합니다. 또한 쾰른 대성당은 로마네스크 시기에 지어진 다른 성당들과 비교하여 자기의 존재를 과시하며 우위를 차지하려고 했습니다. 그런 욕구를 충족시켜 줄 수 있는 성당은 프랑스식 고딕 성당뿐이었습니다.

그 외에 건축적으로는 독일에서 지어지고 있는 다른 고딕 성당들, 특히 스트라스부르 대성당과 비교했을 때 경쟁에서 이길 수 있는 성당이어야 했는데, 그 목적을 달성하기 위한 방법은 규모를 크게 짓는 것이 유일했습니다. 동시에 프랑스식 고딕 성당을 지으면서, 독일은 제2 슈파이어 대성당이 제3 클뤼니 수도원 성당과 비교하여 뒤지지 않았던 시대를 그리워하며, 같은 고딕 양식으로 짓지만 그래도 프랑스의 성당들을 뛰어넘고자 했습니다.

그리고 종교적으로도 프랑스를 넘어서는 성당을 지음으로써, 로마 가톨릭교회와의 관계에서도 프랑스에 뒤지지 않고 싶은 바람이 작용했던 것입니다. 이런 정치적 종교적 건축적 배경은 쾰른이 독일 로마네스크를 이끌고 온 중심이었다는 것을 잊어버리게 했습니다. 그렇게 쾰른 대성당은 1248년 새로운 양식인 고딕 양식으로 재건축을 시작했습니다.

쾰른 대성당이 모델로 삼은 것은 프랑스의 아미앵 대성당으로, 아미앵은 랭

◀ 쾰른 대성당 동방박사 유골함 ▶ 쾰른 대성당 슈베 월

쾰른 대성당 네이브 스테인드글라스

스 대성당이 고딕 양식을 완성한 이후 랭스를 능가하도록 지어진 세상에서 가장 높은 성당이었습니다. 결국 쾰른 대성당은 가장 높은 아미앵 대성당을 넘어서는 46미터의 천장고로 건축되었는데, 아미앵보다 100년 늦게 지어진 것을 감안한다면, 단순히 수치만으로 비교할 바는 아닙니다. 하지만 첨탑을 동시대에 지어진 스트라스부르 대성당보다 10미터 더 높은 152미터로 올린 것을 보면 쾰른 대성당이 성당의 높이에 중요성을 두었다는 것은 부인할 수 없을 것 같습니다.

쾰른 대성당은 이렇게 아미앵으로부터 고딕의 수직성을 배워왔지만, 아미앵

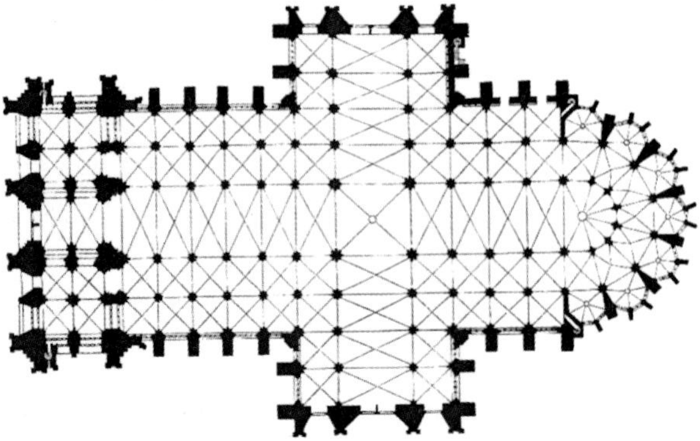

쾰른 대성당 평면도

이 풀지 못한 고딕 구조의 문제를 해결하기도 했습니다. 평면은 라틴 크로스의 형태로 네이브는 아미앵이 3랑식인데 비해, 쾰른은 5랑식으로 확장되었습니다. 그런데 아미앵의 대응 기둥이 천장 리브에서 아케이드의 주두까지만 내려온 것에 비해, 쾰른은 바닥까지 대응 기둥이 끊기지 않고 내려옵니다. 이런 형태는 생드니 대성당에서 배운 것으로, 분명히 아미앵을 뛰어넘는 것이었습니다.

또한 쾰른 대성당은 후기 고딕인 레요낭 양식의 생트샤펠에서 스테인드글라스를 받아들였습니다. 왕실 성당인 생트샤펠은 당시 고딕의 최신 유행을 주도하고 있었습니다. 쾰른은 아미앵의 최첨단 구조뿐만 아니라 생트샤펠이 보여준 최신 유행의 장식도 수용하여 독일 최고의 고딕 성당이라는 찬사를 받았습니다. 이후 공사의 중단과 재개가 반복된 쾰른 대성당은 1560년에 준공을 했으나, 지금의 성당은 그로부터 다시 300년이 흐른 19세기 후반에 완성된 것입니다.

트리어의 성모 마리아 성당
Liebfrauenkirche(Church of Our Lady) in Trier
독일 후기 고딕의 지역주의

프랑스의 고딕 보편주의를 따른 스트라스부르 대성당과 쾰른 대성당을 독일 고딕의 전성기로 본다면, 이후의 독일 고딕은 지역주의가 강세를 이루어 다양한 형태로 분화됩니다. 그중 하나가 14~15세기에 유행한 장식 양식인데, 비록 프랑스나 영국의 장식 양식과는 그 형태가 다르지만, 장식 양식이 후기 고딕의 한 경향이라는 점에서 공통된 특징이라고 볼 수 있습니다.

따라서 이 시기에는 프랑스 구조주의의 산물인 플라잉 버트레스도 나타나지 않고, 네이브월도 3단이 아닌 2단에 머물렀으며, 대응 기둥은 유기적 구조보다는 자유롭게 변형되어 사용되었습니다. 또한 트란셉트와 성가대석 복도, 방사형 소성당 등 복합적인 구성이 사라지고 성당의 구조가 단순화되었습니다. 이런 가운데 리브에 있어서 장식화가 많아졌습니다.

이런 경향은 독일 고딕이 프랑스식 보편주의에서 다시 지역주의 전통으로 돌아가고 있음을 말해줍니다. 지역주의는 독일 교회에서 주교의 정치적 독립성이 상대적으로 강했기 때문에 나타난 현상으로, 주교는 자신이 관할하는 교구의 성당을 지역의 양식으로 지었던 것입니다. 결국, 지방분권이 강한 독일은 지역적으로 다양한 고딕 양식이 나타나면서 지역의 양식을 태동시켰습니다. 그 결과

트리어의 성모 마리아 성당 파사드

트리어의 성모 마리아 성당 크로싱

트리어의 성모 마리아 성당 앱스 제단측

독일 고딕의 지역주의는 많은 수의 건물을 남기게 되었습니다.

독일 후기 고딕의 특징은 '홀 양식'과 '중앙집중형 양식'이 합쳐진 '중앙집중형 홀 양식'이 나타난 것입니다. 그 대표적인 곳이 쾰른과 함께 라인란트 하류에 위치한 트리어의 성모 마리아 성당입니다. 이 성당은 독일 초기 로마네스크 양식을 대표하는 트리어 대성당과 나란히 서 있습니다.

트리어의 성모 마리아 성당은 여러 단계에 걸쳐 형성된 둥근 평면을 갖고 있습니다. 처음에는 네 방향 모두 두 베이의 그릭 크로스 형태로 중앙집중형 양식

트리어의 성모 마리아 성당 앱스 남측

트리어의 성모 마리아 성당 슈베 월과 소성당

과 선형 양식이 혼합된 평면입니다. 다음에는 십자형 성당의 북쪽과 서쪽과 남쪽 끝이 앱스 모양으로 둥글게 처리되고, 슈베가 있는 동쪽은 두 베이가 더해져 성가대석이 만들어졌습니다. 끝으로 십자가의 네 팔 사이에 두 개씩의 반원형 소성당이 들어서면서 전체적으로 둥근 모양을 이루게 되었습니다.

일반적으로 중앙집중형 양식의 성당은 반지 형태인데 이 성당은 선형 양식을 유지하면서 중앙집중형 양식을 취하여 방사선 형태에 가깝습니다. 하중을 많

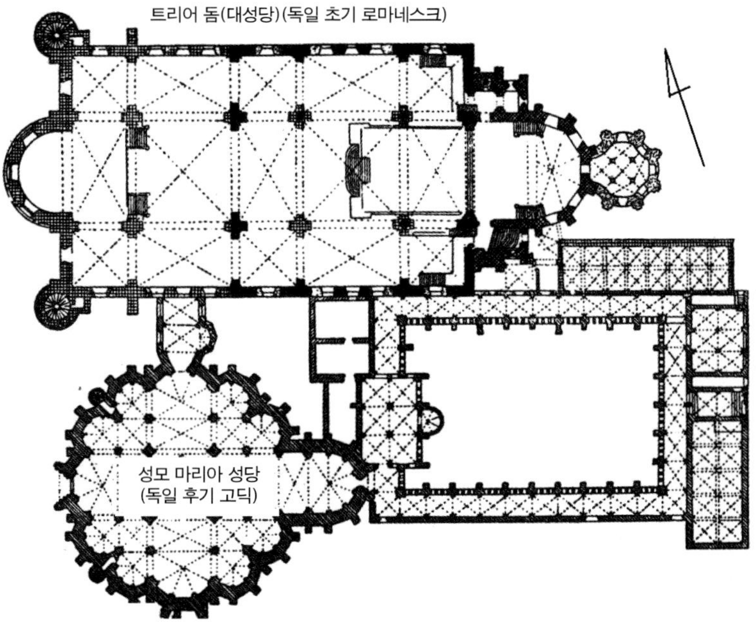

트리어의 성모 마리아 성당 평면도

이 받는 중심 쪽의 기둥은 두꺼운 복합 기둥의 형태이며, 다음 기둥은 복합 기둥의 코어 기둥 정도의 두께를 가진 원형 기둥입니다. 외벽과 붙어있는 바깥 기둥은 세 개의 리브를 받는 가벼운 대응 기둥으로 되어 있습니다.

네이브월의 경우, 네 팔 부분은 아케이드와 클리어스토리의 2단 구성이고 그 사이의 8개 소성당들은 1단으로 되어 있습니다. 천장의 높이 차이로 완전한 홀 교회를 구성하지는 못한 것입니다. 하지만 기둥이 굵지 않고 공간이 넓어서 외벽에서 들어오는 빛이 많기 때문에 홀 교회의 공간감을 느끼게 합니다. 따라서 성모 마리아 성당은 독일 고딕을 대표하는 성당으로 중앙집중형 양식으로는 유

엘리사벳 성당 네이브 리브와 기둥

럽에서 손꼽을 수준을 자랑합니다.

성모 마리아 성당과 함께 '중앙집중형 홀 양식'을 완성한 성당으로 마르부르크의 엘리사벳 성당을 들 수 있습니다. 엘리사벳 성당에서 홀 양식은 네이브에 사용되어, 네이브의 높이와 아일의 높이를 같게 만들었고, 따라서 공간이 분할되지 않고 대형의 단일 아치로 구획되었습니다.

반면에 슈베는 중앙집중형 양식으로 앱스 방향과 트란셉트의 양방향이 동일한 반원형 앱스 형태로 구성되었습니다. 이런 평면 구성은 쾰른에 있는 카피톨의 성모 마리아 성당을 떠올리게 합니다. 독일 로마네스크에서 보편적 주류를 이루었던 라인란트 상류의 슈파이어 대성당과 달리 독일만의 독창적인 로마네스크 양식을 추구했던 라인란트 하류에 속한 카피톨의 성모 마리아 성당의 삼엽

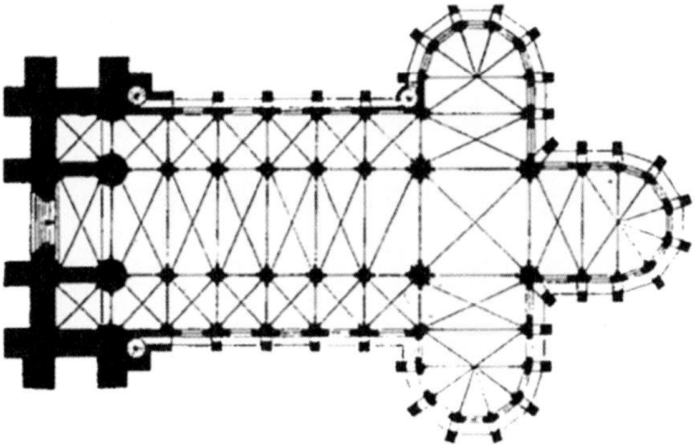

엘리사벳 성당 평면도

형 평면 형태와 유사합니다. 성당 전체가 중앙집중형으로 계획된 것은 아니지만 제단이 있는 동쪽과 트란셉트의 남쪽과 북쪽이 크로싱을 중앙으로 집중의 형태를 만든 것입니다.

카피톨의 성모 마리아 성당이 네이브의 아일과 트란셉트의 아일이 이어지면서 하나의 순환동선을 이루었다면, 엘리사벳 성당은 네이브는 홀 양식으로 되어 있고, 슈베 부분 곧 트란셉트와 앱스 부분은 크로싱을 중심으로 중앙집중형을 이룬 것입니다. 그러면서 카피톨의 성모 마리아 성당에 비해서 팔부분이 좁고 길어져, 세 공간이 독립적인 성격을 띠게 되었습니다.

독일 후기 고딕의 한 형태인 중앙집중형 홀 양식은 독일 지역주의의 좋은 예로 자리 잡았고, 14세기에 많은 성당의 표본이 되었습니다.

이탈리아 고딕

프랑스의 유기적 구조주의에 기반한
첨단 건축 기술보다 로마네스크의 전통에
관심을 기울여 토스카나 지방을 중심으로
선택적으로 고딕 양식을 받아들이다

아시시의 성 프란치스코 바실리카

Basilica di San Francesco in Assisi

수도회에서 시작된 이탈리아 고딕

이탈리아의 로마네스크가 영국과 독일의 로마네스크와 다른 경향을 보인 것처럼, 이탈리아가 고딕 양식을 받아들이는 방식도 영국과 독일과는 그 양상이 달랐습니다. 영국과 독일에는 '완성된' 고딕 양식이 전해졌습니다. 물론 완성된 고딕을 받아들이는 방식에 있어서는 영국과 독일도 다른 경향을 보였습니다. 하지만 고전주의와 로마네스크 전통이 강했던 이탈리아에는 고딕 성당 전체가 통째로 전해질 수 없는 상황이었습니다.

프랑스가 로마 교황청과 교류가 많았던 것과 달리 이탈리아와의 교류는 매우 소극적이었습니다. 오히려 이탈리아에 고딕의 요소가 소개된 것은 유럽 전역에 수도원을 설립했던 시토회를 통해서였습니다. 하지만 이 역시 고딕이라고 하기보다는 시토회의 발상지인 부르고뉴 지역의 후기 로마네스크 양식이었고 그 안에 원시 고딕의 요소들이 담겨 있었던 것입니다.

따라서 이탈리아에 전해진 고딕은 프랑스의 유기적 구조주의에 입각한 첨단의 건축 기술이 아니었습니다. 이탈리아는 그런 것에는 관심이 없었고, 기존의 고전적이고 로마네스크적인 전통과 맞닿을 수 있는 부분만 받아들였습니다. 그 결과 이탈리아는 로마네스크 전통이 강했던 토스카나 지방을 중심으로 '선택적으로' 고딕 양식을 받아들이게 되었습니다.

아시시의 프란치스코 바실리카 2층 성당 파사드

초기의 이탈리아 고딕을 보여주는 대표적인 성당이 '아시시의 성 프란치스코 바실리카'입니다. 처음에 시토회를 통해서 전해진 고딕 양식은 봉쇄 수도원보다는 탁발수도회인 프란치스코회(작은 형제회)와 도미니코회를 통해서 더 널리 전파되었습니다.

프란치스코 성인의 무덤 위에 복층으로 지어진 이 성당은 1228년 착공하여 1253년에 봉헌되었습니다. 위층 성당은 1랑식 평면에, 2난의 벽제로 되어 있으며 상단에는 포인티드 아치창이 있습니다. 천장은 리브 그로인 4분 볼트에 싱글

▲아시시의 프란치스코 바실리카 1층 회랑
▼아시시의 프란치스코 바실리카 1층 성당 제단

아시시의 프란치스코 바실리카 2층 성당 네이브 출입구 방향

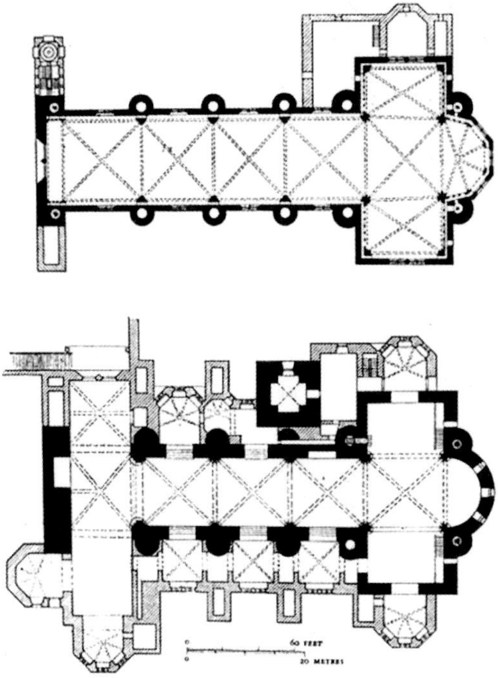

아시시의 프란치스코 바실리카 1층 2층 성당 평면도

베이고, 기둥은 리브와 맞닿은 대응 기둥으로 구성된 복합 기둥입니다. 벽면은 스테인드글라스가 아닌 프레스코화로 대부분이 채워져 있습니다.

프랑스의 고딕 성당과 비교해보면 이런 형태의 성당은 고딕 성당이라고 말하기가 쉽지 않습니다. 고딕의 요소가 보이지만 그렇게 설명하기보다는 프란치스코회에 적합한 새로운 양식의 성당이라고 말하는 것이 더 설득력이 있을 수 있습니다. 고딕의 구성은 극한으로 단순화되고 오로지 수도회의 정신을 알리는 프레스코화로 성당이 꾸며졌기 때문입니다.

산타 마리아 노벨라 바실리카 파사드

다른 차원에서는 프란치스코회의 독특한 양식이 아니라 이탈리아 고딕의 전형으로 볼 수도 있습니다. 다시 말해서 보편적인 프랑스 고딕 성당의 구조 원리를 배워서 이탈리아에 고딕 성당을 세운 것이 아니라, 이탈리아의 장인이 프랑스의 고딕 성당을 보고 스스로 학습하여 이탈리아 고유의 고전적 그리스도교 전통에 입각하여 재해석한 것으로 보는 것입니다. 그런 면에서 이 고딕 양식은 전례가 없는 고유한 형태로, 이탈리아 고딕의 전형이 되었습니다.

결국 이탈리아 고딕을 보면 영국의 캔터베리 대성당과 웨스트민스터 수도

▲산타 마리아 노벨라 바실리카 네이브 제단 방향
▼산타 마리아 노벨라 바실리카 네이브월

원 성당, 독일의 스트라스부르 대성당과 쾰른 대성당처럼 프랑스의 전성기 고딕을 거쳐 완성된 고딕 양식이 수입된 사례는 없고, 매우 배타적인 방법으로 받아들였습니다. 그래서인지 믿기지 않겠지만, 골목마다 성당으로 가득 찬 로마에서 고딕 성당은 '산타 마리아 소프라 미네르바 성당'이 유일합니다.

위에서 이탈리아에 고딕을 전해준 수도회는 시토회지만 이것을 널리 퍼뜨린 수도회는 프란치스코회와 도미니코회라고 말씀드렸습니다. 실로 이 두 수도회는 서로 경쟁이라도 하듯이 도시마다 수도원 성당을 건립했습니다. 그중 피렌체에 건립된 두 개의 성당이 있습니다. 도미니코회의 '산타 마리아 노벨라 바실리카'(Basilica di Santa Maria Novella)와 프란치스코회(작은 형제회)의 '산타 크로체 바실리카'(Basilica di Santa Croce)입니다.

시토회의 영향을 받은 산타 마리아 노벨라 바실리카는 트란셉트와 정방형 소성당을 가진 3랑식 성당이지만, 내부 공간은 다른 분위기를 냅니다. 천장은 리브 그로인 4분 볼트로 고딕적 수직성이 표현된 반면, 네이브월의 아케이드층은 포인티드 아치가 아닌 반원 아치로 되어 고전적 수평성을 강조했습니다. 특히 회색과 녹색의 석재가 번갈아 배치된 아치들과 네이브월의 가는 기둥들은 100미터에 이르는 네이브에 생동감을 줍니다.

이 시기 이탈리아 고딕의 또 다른 특징은 대형화입니다. 수도회들은 선교 활동으로 많은 신자를 얻게 되어 그들을 수용할 공간이 필요했습니다. 대형화는 수도회 간의 경합 양상으로 확대되었는데, 프란치스코회의 '산타 크로체 바실리카'도 같은 피렌체에 있는 도미니코회의 산타 마리아 노벨라 바실리카를 의식한 듯합니다. 네이브는 115미터에 트란셉트는 74미터이고, 네이브의 천장고는 38미터에 이릅니다. 하지만 공간의 구성은 독창적이지 않고 이전의 성당들을 모

산타 크로체 바실리카 파사드

산타 크로체 바실리카 네이브 제단 방향 목조천장

산타 크로체 바실리카 네이브월

방하는 수준에 그쳤습니다. 또한 대형화에 걸맞은 축조 기술이 부족하여 천장이 석재 볼트 대신 목재 평천장으로 구성되는 한계가 있었습니다.

피렌체 대성당

Duomo di Firenze

토스카나에서 꽃 피운 이탈리아 고딕

13세기 이탈리아 고딕을 말해주는 대표적인 성당인 아시시의 성 프란치스코 바실리카와 그에 이어진 피렌체의 산타 마리아 노벨라 바실리카, 그리고 산타 크로체 바실리카는 모두 수도회 소속의 성당들입니다. 이들 성당 외에도 이탈리아 토스카나 지역의 각 교구는 주교좌성당을 건립하면서 이탈리아의 고딕 양식을 받아들이며 정착시켜 나갔습니다.

시에나 대성당(Duomo di Siena)이 그 대표적인 예로, 성당의 정식 명칭은 '성모승천 대성당'(Cattedrale di Santa Maria Assunta)입니다. 시에나 대성당은 다른 이탈리아 고딕 성당처럼 로마네스크가 그 바탕이 되었습니다. 서쪽 파사드는 반원 아치로 구성되고 그 위에 삼각형의 박공이 세워지면서 전체적으로 정사각형 비례가 적용되었습니다. 중앙 상단의 원형창도 장미창으로 발전하지 못하고 로마네스크에 머물렀습니다. 여기에 포인티드 아치가 조각품처럼 첨가되어 고딕을 표현하고 있는 정도입니다.

네이브월은 2단 구성으로 아케이드 역시 로마네스크의 반원 아치로 구성되어 있습니다. 천장은 고딕 요소인 리브 그로인 볼트로 올려졌고 대응 기둥이 받치고 있는데, 기둥과 리브의 구조적 연관성은 없어 보입니다. 수평으로 띠가 있

시에나 대성당 파사드

파도바의 성 안토니오 바실리카 파사드

는데 이 역시 고전적 수평성을 보여줍니다. 크로싱 천장이 돔인 것 역시 고전성을 나타냅니다. 이렇게 이탈리아 고딕은 로마네스크의 짙은 영향 아래 고딕 요소가 장식으로 첨가되는 정도였습니다.

파도바의 성 안토니오 바실리카(Basilica di Sant'Antonio di Padova) 역시 13세기에 지어진 이탈리아 고딕 성당으로 시에나 대성당처럼 성당의 내부와 외부가 모두 고전적 수평성과 정사각형 비례로 지어졌습니다. 평면은 비잔틴 양식의 돔 크로스 형태입니다. 전체적으로 봤을 때 이 성당 역시 로마네스크의 바탕 위에 고딕 경향의 장식이 추가 구성되는 형태를 취하고 있습니다.

밤의 피렌체 대성당

이러한 이탈리아 고딕의 경향이 14세기에도 이어지면서 이탈리아 고딕이라는 독특한 고딕 양식을 형성했습니다. 그 대표적인 성당이 피렌체 대성당입니다. 이 성당의 정식 명칭은 '꽃의 성모 마리아 대성당'(Cattedrale di Santa Maria del Fiore)입니다. 피렌체 대성당을 보면서 받는 처음 느낌은 거대한 돌들의 향연 같은 것이었습니다. 벽체는 플라잉 버트레스 등으로 구조 부재가 세워진 고딕식 구조가 아닌, 로마 전통의 고전주의 구조를 띠면서 로마네스크의 물질적 감성을 드러냅니다.

내부의 기둥 체계는 다각형의 코어 기둥과 사각형의 대응 기둥으로 구성되면서 이 역시 물질감을 보여주고 있습니다. 이 외에도 피렌체 대성당은 사각형

▲ 피렌체 대성당 파사드
▼피렌체 대성당 세례당

▲피렌체 대성당 네이브월과 천장
▼ 피렌체 대성당 네이브 제단 방향

피렌체 대성당 출입구 방향

비례와 반원 아치가 주를 이루면서 토스카나 고유의 기하학적 장식 등 시에나와 파도바에 나타난 이탈리아 고딕의 전형적인 특징들도 모두 갖고 있습니다.

이 시기에 지어진 또 하나의 아름다운 성당으로 오르비에토 대성당(Duomo di Orvieto)이 있습니다. 이 성당의 정식 명칭도 '성모승천 대성당'(Cattedrale di Santa Maria Assunta)입니다. 파사드는 시에나 대성당처럼 반원 아치를 가진 포털과 그 위에 얹힌 정삼각형의 박공이 있습니다. 반면에 양측의 출입구는 포인티

◀오르비에토 대성당 파사드 ▶오르비에토 대성당 앱스

드 아치에 정삼각형보다 뾰족한 박공이 형성되어 있습니다. 중앙의 원형창은 시에나의 원형창에 비해서 장미창의 형태를 갖추었고, 그 주변에 정사각형의 장식이 둘러있습니다.

토스카나의 로마네스크 양식이 바탕을 이루는 형상인데, 특이한 것은 화려한 성화 장식이 파사드 전체를 채우고 있는 것입니다. 이 성화는 모두 로렌초 마이타니의 작품으로 팀파눔과 박공 등 모든 면을 화려하게 수놓고 있습니다. 다

◀오르비에토 대성당 네이브 제단 방향 ▶오르비에토 대성당 성체기적

양한 색의 대리석으로 채색이 이루어지고 금으로 장식된 이 성당을 바라보면 성당이 성화를 그리기 위한 하나의 캔버스가 된 것 같은 느낌이 듭니다.

밀라노 대성당

Duomo di Milano(Cattedrale metropolitana di Santa Maria Nascente)

이탈리아 고딕의 완성

15세기에 들어 이탈리아 고딕은 토스카나에서 베네치아로 이동했습니다. 토스카나에서는 이때부터 르네상스의 바람이 불기 시작했고, 토스카나에서 밀려난 고딕이 자리잡은 곳이 베네치아였습니다. 베네치아는 그동안 동방의 비잔틴 양식이 주를 이루고 있었습니다. 하지만 수도회를 통해서 이탈리아 고딕이 베네치아에 들어온 시기에 비잔틴 양식은 동로마제국의 멸망으로 그 힘을 잃어가고 있었습니다. 제노바와 지중해의 패권을 다투던 베네치아에는 그들의 힘을 과시하기 위해서 많은 성당과 공공건물이 세워지기 시작했고, 그중에는 대형화된 성당도 있었습니다.

베네치아를 중심으로 이탈리아 북부에서 이어진 이탈리아 고딕의 생명력은 이미 지난 세기에 수도원 성당에서 시작된 대형화를 넘어서 '거대화'(Gigantismo)의 경향을 띠었습니다. 그중에서 밀라노 대성당이 대표적입니다. 밀라노 대성당은 '복되신 동정녀 마리아의 탄생 대성당'(Cattedrale della Natività della Beata Vergine Maria)으로 봉헌되었으며, 이전에는 '산타 마리아 마조레 대성당'과 '산타 테클라 대성당'이 이곳에 있었습니다. 하지만 1386년 종탑이 무너진 후 대주교는 새로운 성당의 건축을 명했습니다.

밀라노 대성당의 건축은 건축가뿐만 아니라 수학자와 화가 등 여러 나라의

밀라노 대성당 파사드

▲밀라노 대성당 카를로 소성당에서 순례자들과 미사를 봉헌하는 저자
▼밀라노 대성당 스쿠롤로 디 산 카를로 – 가롤로 성인의 묘

전문가들이 모여 계획에 참여했다고 합니다. 프랑스 건축가는 고딕의 보편적 구조주의를, 독일 건축가는 첨탑 등의 수직성을, 이탈리아 건축가는 정사각형 비례와 기하학적 물질성 등의 고전주의를 주장했고, 결국 그들의 관심은 수직성과 수평성이 모두 강조된 거대화에 집중되었습니다.

평면은 5랑식으로 네이브는 폭 16.7미터에 9베이고, 5랑 전체의 폭은 72.9미터이며, 트란셉트의 폭은 83.3미터입니다. 네이브의 천장고는 45미터, 크로싱의 천장고는 65.5미터에 이릅니다. 성당 전체 길이는 158.6미터입니다. 구조는 고딕 보편주의가 적용되어 포인티드 아치, 리브 그로인 볼트, 복합 기둥, 플라잉 버트레스로 구성되었으나, 거대 공간을 만들기 위해서 구조재들이 과도하게 사용되었다는 평가를 받습니다.

외관에는 수직성과 화려함이 강조되었는데, 107미터의 크로싱 첨탑을 중심으로 수많은 소첨탑이 성당을 둘러쌌습니다. 창의 크기는 다양했지만, 좁고 긴 다수의 랜싯과 플랑부아양 장식으로 가득 채워졌습니다. 반면에 내부의 조도는 깊은 아일과 육중한 구조물 그리고 스테인드글라스의 영향을 받아 상대적으로 어두웠습니다. 처음부터 추구했던 거대화를 위해서 치러야 할 대가였습니다.

밀라노 대성당에는 신자들의 순환 동선을 따라 성인들의 제대가 많이 놓여 있는데, 우측 아일을 따라서는 성녀 아가타 제대, 성 요한 복음사가 제대, 든든한 힘이신 동정녀(Virgo Potens) 제대가 있고, 좌측 아일을 따라서는 성 가롤로 보로메오의 십자가(전염병이 창궐했을 때 사용한 나무 십자가) 제대, 성 요셉 제대, 성 암브로시오 제대가 있습니다. 특히 밀라노 대성당에는 성 암브로시오 주교와 성 가롤로 보로메오 주교에 대한 공경의 흔적을 성당 곳곳에서 볼 수 있습니다.

가롤로 보로메오 성인은 밀라노의 대주교로서 대성당의 건설 과정에 적극적

밀라노 대성당 네이브

으로 참여했다고 전해지는데, 1567년경에는 대성당 공사를 계획대로 마무리하기 위해서 공사 책임자를 직접 임명하기도 했습니다. 1576년부터 2년 동안 밀라노에 페스트가 창궐했을 때, 성인은 전염병이 옮는 것을 두려워하지 않고 환자들에게 식량을 나눠주고 예방법을 가르쳤으며, 죽음을 앞둔 환자들에게 병자성사를 주고 장례미사를 봉헌해 주었습니다. 성가대석 뒤편의 지하 납골당으로 내려가면 가롤로 성인의 묘가 나오는데, 거기에 1606년 프란체스코 마리아 리치니가 디자인한 팔각형의 소성당 '스쿠롤로 디 산 카를로'(Scurolo di San Carlo)가 있습니다. 그곳에 있는 가롤로 성인에 관한 유물들을 보고 있노라면, 오백 년이 넘은 시간의 문이 눈앞에서 열리는 듯합니다.

이야기를 마치며

5년 전 신설 본당에 발령을 받아, 성당을 지어야 하는 책무를 맡게 되었습니다. 삼백 평의 잡초 무성한 부지를 처음 보던 날, 미사 드릴 공간 하나 마련하는 것 말고는 아무것도 할 수 있는 것이 없겠다는 생각이 들었습니다. 나중에 돌이켜보니 숙고 없이 처음부터 뭔가를 하려고 하지 않을까 싶어 하느님께서 첫날에 나의 마음을 비워주셨던 것입니다.

가롤로 성인은 교황 비오 4세로 선출된 외삼촌의 부름을 받고 로마에 가게 되었습니다. 그는 외삼촌이 맡긴 교황청의 일을 누구보다 성실히 그리고 좋은 결과를 내며 수행했고, 사람들은 그를 보고 교황의 오른쪽 눈이라고 불렀습니다. 하지만 그 눈은 아직 성덕의 빛을 내지 못했습니다. 교황의 조카로서 많은 영예를 얻었지만, 교황청 관료로서의 그는 물질에 대한 관심이 높았습니다. 그러던 어느 날 하느님께서는 가롤로에게 회심의 기회를 주셨습니다. 그의 눈에 영원한 도시 로마의 사치스럽고 무절제함이 들어온 것입니다. 그 모습에 염증을 느낀 가롤로는 그의 삶을 풍요롭게 해주었던 여러 형태의 물질과 헤어질 때가 지금이라는 것을 알게 되었습니다.

내가 아무것도 갖고 있지 않을 때 하느님께서 주시는 것을 알아차릴 수 있고 받을 수 있습니다. 그래서 아무것도 하지 않기로 하고 이웃 본당에서 도와준 것으로 조립식 성당 하나 지어 미사를 시작했습니다. 그리고 그 볼품없는 작은 성당에 사람들이 하나둘 모이기 시작하고 서서히 공동체가 형성되어 갔습니다. 그런데 바로 코로나19가 돌아 사람들은 다시 성당을 떠났습니다. 하지만 공동체는 사라지지 않고 어렵게 여러 모습으로 자리를 지켜나갔습니다. 육신을 가진 사람은 감염되어도 영적인 생명을 가진 공동체는 감염될 수 없다는 것을 알게 되었습니다.

가롤로는 성인 교황들의 무덤 앞에서 자주 기도하였습니다. 그는 그곳에서 어부의 반지를 받은 그들이 베드로의 배를 저어 나가기 위해서 얼마나 힘을 다해 노력했는지 들었을 것입니다. 그리고 그들의 삶으로 비추어 보니 지금의 교회가 그 얼굴에서 비추어야 할 그리스도의 모습을 잃어가고 있음을 알게 되었고, 그의 마음은 교회에 대한 열정의 불로 뜨겁게 타오르기 시작하였습니다. 따라서 강철과도 같은 굳은 의지를 가진 가롤로는 차츰 자신에게 더 많은 것을 요구하기 시작하였고, 교회의 개혁을 위해서 자기 영혼을 새롭게 하는 일부터 시작하였습니다.

코로나19는 생각보다 오래 사람들의 육신을 지배하여 영마저 흔들어 놓을 기세였지만, 영의 불씨는 꺼지지 않고 살아나 공동체는 성전 봉헌에 대한 열망으로 활활 타올랐습니다. 그리고 성전의 주인은 공동체에 필요한 방들을 하나씩 하나씩 성전 관리인에게 그려주셨습니다. 벽돌은 차곡차곡 올라갔고 뾰족한 지붕도 모습을 드러냈습니다. 그리고 마당 한가운데 아기 예수님을 안으신 성모상이 자리하였습니다.

밀라노 대성당의 가롤로 대주교를 만나러 어떤 유명 인사가 주교관 앞에 도착했습니다. 그는 가롤로 추기경을 가까이에서 볼 수 있겠다는 생각에 조금은 들떠 있었고, 대주교의 커다랗고 웅장한 접견실을 상상하며 그곳으로 안내되기 전에 어느 정도 기다려야 한다고 생각했습니다. 이윽고 주교관의 문이 열렸는데 생각과 달리 일행은 기다림 없이 바로 조그만 방으로 인도되었고, 그 방에는 조그만 침실과 책으로 가득한 다락방이 딸려 있었습니다. 그리고 그들 앞에는 그들을 유심히 바라보는 파란 눈의 성직자가 앉아 있었는데, 얼굴은 고행으로 수척했으며 매부리코에 검은 머리를 가지고 있었습니다. 그가 그들이 들뜬 마음으로 만나고자 했던 가롤로 대주교였습니다.

봉헌된 성당은 신자들 모두에게 아름답게 느껴졌지만 화려하거나 사치스러운 모습은 아니었습니다. 값비싼 석재나 귀한 금속 재료가 들어간 곳은 없고, 한 세기 전쯤 어느 건물에서 사용되었을 흙을 구워 만든 벽돌과 그에 어울리는 향기를 뿜는 편백 나무들로 이루어졌습니다. 꾸미지 않은 단순한 공간에서 드리는 미사는 그 자체로 아름다웠습니다.

가롤로 성인은 세상에서의 시간이 다해가고 있음을 알고 인근의 수도원에 가서 총고해의 고해성사를 받았습니다. 그리고 교구로 돌아와 자신을 밀라노 대성당에서 신자들이 가장 많이 다니는 곳에 묻어달라는 유언을 남겼습니다.

성인의 바람대로 사람들이 밟고 다니는 곳은 아니지만, 성인은 대성당의 가장 낮은 곳에서 성인이 사랑하고 성인을 사랑하는 사람들과 영원토록 함께 살고 있습니다.

올해 성당을 봉헌하면서 성당은 단순한 건축물이 아니라는 생각을 자주 하게 됩니다. 이 책에서 소개한 고딕 성당들이 지어질 때마다 그 성당의 주교나 사제도 그런 생각을 했을 것입니다. 믿음이라는 특별한 방법으로 모인 공동체가 생활하는 성당은 물질을 다루는 구조적 역량이나 감성을 다루는 예술적 소질에 의해서만 지어지는 것이 아니기 때문입니다.

그래서 고딕이라는 최첨단의 기술이 동원된 새로운 양식을 이해하기 위해서, 고딕 성당에 영향을 미친 신학과 철학 분야의 이야기도 하고, 유기적 구조의 발달 과정도 어려운 용어들로 설명했지만, 그보다 더 중요한 것은 책에 등장하지 않는 하지만 실제 주인공인 그 성당에서 살았던 공동체 사람들의 이야기입니다. 그들도 첫영성체를 했을 것이고, 또래의 친구들과 성당 마당에서 놀았으며, 성탄절에 등불 행렬을 하고 연극을 하며 울고 웃었을 것입니다. 점점 그런 이야기를 잃어 가는 성당이 다시 시끌시끌해졌으면 좋겠습니다.

2023년 11월 4일

예순 번째 가롤로 축일을 맞이하며

강한수 가롤로 신부

독일 슈파이어 대성당 앞에서 성당 순례를 함께한 동기 신부들과 함께. 중앙이 필자

도움을 받은 도서들

임석재, 『서양건축사 2, 기독교과 인간』, 북하우스, 2003.

임석재, 『서양건축사 3, 하늘과 인간』, 북하우스, 2006.

윤장섭, 『서양건축문화의 이해』, 서울대학교출판부, 1996.

윤정근 외, 『서양건축사』 기문당, 2021.

남경태, 『종횡무진 서양사 1 -문명의 탄생에서 중세의 해체까지』, 휴머니스트, 2015.

에르빈 파노프스키, 『고딕건축과 스콜라철학』, 김율 역, 한길사, 2016.

에르빈 파노프스키, 『시각예술의 의미』, 임산 역, 한길사, 2017.

아리스토텔레스, 『니코마코스 윤리학』, 강상진 · 김재홍 · 이창우 역, 도서출판 길, 2022.

토마스 아퀴나스, 『습성』 신학대전 제22권 제2부 제1편 49-54문, 한국성토마스연구소, 2020.

빅토르 위고, 『파리의 노트르담』, 성귀수 역, 작가정신, 2018.

리처드 스탬프, 『교회와 대성당의 모든 것』, 공민희 역, 사람의 무늬, 2012.

데이비드 맥컬레이, 『고딕 성당』, 하유진 역, 한길사, 2014.

사카이 다케시, 『고딕 불멸의 아름다움』, 이경덕 역, 다른 세상, 2006.

아우구스트 프란츤, 『세계 교회사』, 최석우 역, 분도출판사, 2001.

클라우스 샤츠, 『보편 공의회사』, 이종한 역, 분도출판사, 2005.

장 콩비, 『세계 교회사 여행1 고대 · 중세편』, 노성기 · 이종혁 역, 가톨릭출판사, 2012.

아네세 벤베누티, 『가롤로 보로메오』, 이종범 역, 성바오로, 1996.

Otto von Simson, *The Gothic Cathedral*, Princeton, 1988.

Paul Binski, *Gothic Wonder*, Yale University Press, 2014.

Raphael Brandon & J. Arthur Brandon, *Gothic Architecture*, Dover Publications, 2007.

Rolf Toman, *Churches and Cathedrals*, Parragon, 2010.

Georges Duby, *The Age of the Cathedrals*, The University of Chicago Press, 1981.

Erwin Panofsky, *Abbot Suger*, Princeton, 1979.

Richard Cusimano & Eric Whitmore, *Selected Works of Abbot Suger of Saint-Denis*, The Catholic University of America Press, 2018.

Malcolm Miller, *Chartres Cathedral*, Pitkin Publishing, 2017.

Madeleine Klein-Ehrminger, *Cathedral Our Lady of Strasbourg*, Lescuyer, 2023.

Elvio Lunghi, *La Basilica di San Francesco di Assisi*, Scala, 2013.

Giorgio Carradori, *Duomo Cattedrale di Milano*, Nous Srl, 2011.

Corrando Bozzoni / Vittorio Franchetti Pardo / Giorgio Ortolani / Alessandro Viscogliosi, *L'Architettura del Mondo Antico*, Editori Laterza, 2006.

Renato Bonelli / Corrando Bozzoni / Vittorio Franchetti Pardo, *Storia dell'Architettura Medievale, Editori Laterza*, 1997.

Michael Fazio / Marian Moffett / Lawrence Wodehouse, *A World History of Architecture*, Laurence King Publishing, 2013.

Jan Gympel, T*he Story of Architecture*, h.f.ullmann Publishing, 2013.

Jonathan Glancey, *Architecture A Visual History*, Penguin Random House, 2017.

Michael Stephenson, *The History of Architecture*, Worth Press, 2019.

Carol Strickland, *The Annotated Arch*, Andrews McMeel Publishing, 2001.